U0083145

中國新聞史研究輯刊

八 編

主編 方漢奇

副主編 王潤澤、程曼麗

第3冊

守護好我們的精神家園
—白凱文少數民族文化文選（修訂版）（下）

白 潤 生 著

花木蘭文化事業有限公司

國家圖書館出版品預行編目資料

守護好我們的精神家園——白凱文少數民族文化文選（修訂版）（下）／白潤生 著 -- 初版 -- 新北市：花木蘭文化事業有限公司，2024〔民113〕
目 4+186 面；19×26 公分
（中國新聞史研究輯刊 八編；第 3 冊）
ISBN 978-626-344-795-0（精裝）
1.CST：新聞業 2.CST：中國新聞史 3.CST：少數民族
4.CST：民族文化
890.9208   113009360

ISBN-978-626-344-795-0

中國新聞史研究輯刊
八 編 第 三 冊   ISBN：978-626-344-795-0

守護好我們的精神家園
——白凱文少數民族文化文選（修訂版）（下）

作　　者　白潤生
主　　編　方漢奇
副 主 編　王潤澤、程曼麗
總 編 輯　杜潔祥
副總編輯　楊嘉樂
編輯主任　許郁翎
編　　輯　張雅淋、潘玟靜　美術編輯　陳逸婷
出　　版　花木蘭文化事業有限公司
發 行 人　高小娟
聯絡地址　235 新北市中和區中安街七二號十三樓
　　　　　電話：02-2923-1455 ／傳真：02-2923-1452
網　　址　http://www.huamulan.tw 信箱 service@huamulans.com
印　　刷　普羅文化出版廣告事業
初　　版　2024 年 9 月
定　　價　八編 6 冊（精裝）新台幣 16,000 元
版權所有・請勿翻印

守護好我們的精神家園
——白凱文少數民族文化文選（修訂版）（下）

白潤生　著

目次

第十輯

創立和發展
中國少數民族歷史新聞傳播學

　　中國少數民族歷史新聞傳播學是中國歷史新聞傳播學的一個重要的組成部分，也是中國少數民族新聞傳播學的一個不可缺少的分支。中國少數民族歷史新聞傳播學的研究，是我國新聞傳播學界、民族學界以及文化學界關注和重視的一個課題。少數民族歷史新聞傳播學的研究已使「冷門變熱點」。〔註1〕特別是隨著我國社會發展戰略重點的轉移，為這一學科研究的進一步深入發展提供了歷史性的機遇。

一、中國的少數民族和民族地區

　　我國是一個統一的多民族國家。漢族是我國人口最多的民族，也是世界上人口最多的民族。漢族是我國古代的華夏族同許多其他民族逐漸融合形成的，漢代始稱漢族。除漢族外，還有55個少數民族，約10643萬人，占全國人口的8.41%。〔註2〕少數民族大部分居住在我國東北、西北、西南的山區、牧區和邊疆地區。由於歷史上的遷徙流動，我國民族分布呈現「大雜居、小聚居」的特點。宗教在少數民族中有著廣泛深刻的影響。喇嘛教、小乘佛教、伊斯蘭教、基督教、東正教在我國的少數民族中都有信徒，宗教勢力有很大的影響。在一些少數民族中，還保持著原始的自然崇拜和多種信仰，包括祖先崇拜、圖騰崇拜、巫教、薩滿教等。我國少數民族能歌善舞，具有悠久的文化藝術傳統。

〔註1〕見徐培汀《20世紀中國新聞學與傳播學・新聞史學史卷》，第460頁，復旦大
　　　　學出版社，2001年版。
〔註2〕據《2000年第五次全國人口普查主要數據公報》，載2001年2月29日《人民
　　　　日報》。

擁有 56 個兄弟的中華民族，無論是過去和現在都為我們偉大祖國的歷史發展做出了重要貢獻。

　　中國共產黨一貫主張各民族一律平等，加強民族團結，消除妨害民族團結的因素。早在建黨初期就在黨的綱領、黨的決定和黨的領袖講話中提出了在我國少數民族聚居區實行民族區域自治和各民族一律平等的政策。1946 年，在黨中央提出的《和平建國綱領草案》中規定：「在少數民族地區，應承認各民族的平等地位及其自治權。」新中國成立後，在中國人民政治協商會議共同綱領和中華人民共和國憲法中鄭重地、系統地向海內外宣布：「中華人民共和國境內各民族一律平等，實行團結互助，反對帝國主義和各民族內部的人民公敵，使中華人民共和國成為各民族友愛合作的大家庭。反對大民族主義和狹隘民族主義，禁止民族間的歧視、壓迫和分裂各民族團結的行為。」「各少數民族聚居的地區，應實行民族的區域自治。」「各少數民族均有發展其語言文字，保持或改革其風俗習慣及宗教信仰的自由。人民政府應幫助各少數民族的人民大眾發展其政治、經濟、文化、教育的建設事業。」〔註3〕根據革命和建設的需要，黨中央和人民政府在不同的歷史階段，制定和頒布了一系列的政策、法令、法規和措施，保障少數民族的平等權利，消除歷史上的民族壓迫制度遺留的種種影響。比如對於舊社會遺留下來的帶有歧視和侮辱少數民族性質的稱謂、地名、碑碣、匾聯等，都分別予以禁止、更改、封存或收管。保障少數民族以平等地位參加國家事務的管理，在選舉法中明確規定，在全國和地方各級人民代表大會的代表名額中，少數民族代表要佔有一定比例。在全國人民代表大會代表的名額中，對人口特少的民族規定「至少也應有代表一人」。〔註4〕也就是說，在各級人民代表大會中都有 56 個民族的代表。實行民族區域自治，是解決我國國內民族問題的基本政策。有較大聚居區的民族享受自治權，聚居地區比較小的民族也可以享受自治權利。在我國少數民族聚居的地區，可視具體情況，分別建立自治區、自治州、自治縣和民族鄉。據統計，全國建有 5 個自治區、30 個自治州、120 個自治縣，總計創建民族自治區、州、縣 155 個，〔註5〕總面積約

〔註 3〕引文見《中國人民政治協調會議共同綱領》。
〔註 4〕見徐培汀《20 世紀中國新聞學與傳播學‧新聞史學史卷》，第 460 頁，復旦大學出版社，2001 年版。
〔註 5〕據《中國百姓藍皮書 14：國家統一和民族團結》，載 2002 年 9 月 30 日《北京青年報》。此外，還有民族鄉（鎮）近 1213 個：分佈在全國各省區，民族鄉（鎮）人口達 948 萬，約占散居少數民族人口的 1/3。

占全國面積的 64%，44 個少數民族和 75%的少數民族人口實行自治。在自治區域內，少數民族充分享受當家作主、管理本民族事務的權利。正如江澤民總書記在 1998 年 7 月考察新疆時所指出的：「綜觀中國幾十年的歷史，新中國的民族政策是最好的，與世界上其他國家相比，我們的民族政策也是最成功的。」

二、保護、發展少數民族文化與中國少數民族歷史新聞傳播學

我國的憲法和其他法令法規明確規定，各少數民族都有使用和發展其文字的自由。黨和政府不但尊重少數民族語言文字，而且幫助他們使用和發展本民族的語言文字。1956 年，組織了有 700 多人參加的民族語言調查隊伍，在全國 16 個省區，對 33 種少數民族語言進行了規模巨大的普查工作，先後幫助壯、布依、苗、侗、哈尼、傈僳、佤、黎、納西、白和土族等 13 個民族創制了拉丁字母形式的拼音文字。到目前為止，全國有 27 個少數民族不同程度使用和推廣的文字有 39 種〔註6〕。少數民族文字和語言的使用又有新的發展，諸如民族語言的文字處理系統的開發，少數民族語言詞典的編纂等工作都有新的進展。

少數民族語言文字的使用與推廣，推動了我國少數民族文化事業的發展。在民族自治區域裏，大多都建立了使用本民族語言文字的新聞、廣播、出版事業。據統計，2000 年全國有少數民族文字報紙 84 種，總印數 10116 萬份，平均期發數 73.89 萬份。〔註7〕而改革開放以來，少數民族文字報紙累計出版約計 144 家（含現已停刊的內部出版報紙、油印報紙等），其中維吾爾文 50 家，蒙文 17 家，藏文 17 家，朝鮮文 13 家，哈薩克文 16 家，新老傈僳文共 4 家，苗文 4 家，傣文、彝文、布依文各 2 家，壯文、景頗文、載佤文、納西文、侗文、柯爾克孜文和錫伯文各 1 家。如果把民族地區的漢文報紙也歸入民族報刊之列，那麼前邊的兩個數字無論如何也不能充分顯示其發展狀況。據統計，僅五個自治區出版報紙 249 種，總印數為 112045 萬份。〔註8〕廣播電視事業的發展更是迅速的。到上個世紀末，各地辦有少數民族語言廣播電臺（站）已近 165 座、電視臺 141 家，少數民族廣播電視人口覆蓋率達到了 74.5%和 74%。從中央到地方，包括省（自治區）、地（州、盟）、縣（旗）共辦有蒙古、藏、

〔註 6〕據國家民委民族問題五種叢書編輯委員會《中國少數民族》編寫組：《中國少數民族》和關東升主編：《中國民族文字與書法寶典》統計的數字。
〔註 7〕據《中國新聞出版統計資料彙編，2001》中國勞動保障出版社，2001 年 8 月版。
〔註 8〕據《中國新聞出版統計資料彙編，2001》中國勞動保障出版社，2001 年 8 月版。

維吾爾、哈薩克、朝鮮、壯、彝、傣、傈僳、景頗、拉祜、哈尼、瑤、佤、納西、白、羌、布依、水、侗、柯爾克孜、土、錫伯等 24 種少數民族語言廣播節目。實踐證明，「少數民族使用和發展本民族語言文字的自由得到了尊重和保障」。〔註 9〕

作為少數民族文化一部分的民族新聞事業的現實發展引起人們的廣泛關注。無論是從歷史上講，還是從現實考察，中國少數民族歷史新聞傳播學是少數民族和漢族共同創造的。不僅是中華民族文化的組成部分，而且也是人類文明的寶貴財富。研究和發展中國少數民族歷史新聞傳播學已是當前一項刻不容緩的重要任務。

三、中國少數民族歷史新聞傳播學的歷史地位與研究目的

我國少數民族新聞事業興起於 20 世紀初葉，已有近 100 年的歷史。回顧、研究其興起、發展、繁榮的歷程，對於 21 世紀民族新聞事業深入發展以及整個新聞事業走向輝煌有著重要的歷史和現實意義。

20 世紀 80 年代，尤其是進入 90 年代後我國少數民族新聞事業空前繁榮，形成了較為系統、多語（文）種、多層次、多渠道的特色鮮明的新聞傳播體系。事實證明，民族新聞事業在我國革命和建設中，在西部大開發中發揮的作用是無法估量的。它有效地宣傳了建設有中國特色的社會主義偉大理論與實踐，有力推動了西部地區經濟與社會發展。廣播電視的介入，更使少數民族同胞感受到改革開放以來經濟發展的巨大成就和人民生活的日益提高。我們一定要抓住西部大開發這個千載難逢的機遇，加快中國少數民族歷史新聞傳播學的研究，分析和總結西部大開發的新聞傳播現象，為其深入發展提供辦好社會主義新聞的新經驗，明確民族新聞事業在建設具有中國特色社會主義經濟、文化事業中的實際效用，以及如何發揮這種效用，提供新形勢下民族新聞事業的發展方向、任務與規律，促進其在 21 世紀的大發展。

按照國家計委的界定，西部 12 個省、市、自治區大多是少數民族聚居區，也有對我國革命做出貢獻的老區，同時又多是較不發達的貧困地區，而新疆、西藏、雲南、貴州等省區又與 10 多個國家接壤，約有 12747 公里陸地邊境線。開發西部地區從一定意義上說，就是開發老少邊窮地區。自 1999 年江澤民總

〔註 9〕見國家民委原副主任伍精華在 1991 年 12 月 3 日全國民族語言工作會議上的講話。

書記在民族工作會議上提出西部大開發這一跨世紀的戰略之後，社會各界積極響應，走進西部，加快西部地區的發展，為加強民族團結、維護祖國統一和社會穩定獻計獻策，使之成為 21 世紀中國經濟騰飛的重要支撐點。我國西部地區具有幅員遼闊、民族眾多、文化形式較為複雜的特點。就目前我國新聞傳播的總體狀況而言，無論其發展速度、發展規模，或是傳播質算、傳播能力、傳播方式以及傳播效應等方面都呈現出良好的發展趨勢。報刊、廣播、電視等等新聞傳媒均以各自不同的優勢傳遞著較為豐富的信息，滿足著人們日益增長的文化生活的需求，同時也以其強大的滲透覆蓋著社會的各個角落，極大地影響著人們的物質生活和精神生活。各民族在歷史演進中也逐漸構建起各自不同民族特色的新聞傳媒。它們已從零散的、落後的傳播形態發展成為較為系統的、多層次的、多渠道的傳播體系。研究這個體系的形成歷史及演變規律，對於促進少數民族新聞傳播事業和社會主義文化事業具有顯著的現實意義。

　　西部地區不僅地域遼闊，而且資源豐富。55 個少數民族中有 48 個聚集在西部。民族自治地方的絕大多數也集中於西部，占整個西部面積的 86%左右。〔註 10〕由於歷史的原因，西部地區的經濟文化在整個社會發展中的作用和地位，不少人對其認識不足，有的甚至稱其為蠻荒之地。其實，西部地區是中華文明的搖籃和發祥地，對整個國家的進步與發展具有重要的作用，為中國少數民族歷史新聞傳播學的研究提供和創造了有利條件。內蒙古、西藏、新疆等地區是我國少數民族文字報刊的策源地，第一批少數民族文字報刊就誕生在這些地區。以新疆為例，自治區共轄 5 個自治州，8 個行政公署，6 個自治縣，38 個民族鄉，2 個地區級市，14 個縣級市。此外，各州、行署、市還轄有 65 個縣，其中有許多歷史名城。如喀什就是我國 98 個歷史文化名城之一，她是古「絲綢之路」的必經之地。悠久的歷史文化積澱是發展現代傳媒的基礎。長期以來，新疆各族人民有著一種維護祖國統一和民族團結的光榮傳統。新疆是我國新聞傳播事業發展的典型地區，目前，全疆有少數民族文字報紙 41 種，總印數為 6092 萬份，期刊 89 種，總印數 555.3 萬冊。〔註 11〕不少文種的報刊在全國名列前茅。20 世紀 40 年代後，廣播成為新疆獲得各種信息的工具。如今，新疆人民廣播電臺已形成了衛星、短波、中波、調頻四位一體的交叉覆蓋

〔註10〕據《中國百姓藍皮書 14：國家統一和民族團結》，載 2002 年 9 月 30 日《北京青年報》。此外，還有民族鄉（鎮）近 1213 個：分佈在全國各省區，民族鄉（鎮）人口達 948 萬，約占散居少數民族人口的 1/3。

〔註11〕據《中國新聞出版統計資料彙編，2001》中國勞動保障出版社，2001 年 8 月版。

網，與世界上 20 多個國家和地區保持著聽眾聯繫，成為開辦語種最多、覆蓋面最廣的省（區）級廣播電臺。1970 年新疆電視臺始播黑白電視節目，1979年開播彩色電視節目，1984 年新疆電視臺通過電視通訊衛星，錄像轉播中央電視臺的當天新聞，結束了從北京航寄中央臺新聞的歷史。1986 年成為全國第一家上星〔註12〕的省級電視臺。1997 年新疆電視臺通過租用亞太一號衛星，採用數字壓縮技術，實現了維、漢、哈 3 種語言電視節目的分頻道播出，結束了 3 種語言用一個頻道輪流播出節目的歷史。新疆電視臺不僅覆蓋全疆，而且涉及全國和亞太地區。如前所述，到 1998 年底，全國辦有 24 種民族語言的廣播電視節目。而在新疆 1994 年 10 萬人口以上的少數民族都有了本民族的廣播電視，實現了各民族廣播電視共同發展。廣播電視在西部大開發的戰略中起著無可比擬的重要作用。西部大開發的號角吹響之後，新疆以及其他民族地區各種新聞傳媒肩負著更新的任務、目標和要求。對西部大開發戰略的實施將給予有力的輿論支持，創造良好的輿論環境。而少數民族新聞傳媒也以現代化的廣播方式，通過各種生動活潑的宣傳形式，唱響主旋律，調動各族人民的積極性，把宣傳引向深入，創造一個良好的開發態勢和外部環境，為國家的穩定、經濟的繁榮、民族的昌盛以及整個社會發展乃至推動人類文明的歷史進程做出貢獻。隨著社會的發展和人類開發資源能力的提高，這種作用將會日益加強，西部大開發的戰略意義會日益顯著。

四、中國少數民族新聞傳播學研究的歷史與現狀

中國少數民族歷史新聞傳播學兼有歷史學、民族學、新聞學、傳播學、文化學的特質，是多學科交叉的邊緣學科。其興起與發展改變了過去只限於研究漢語文為載體的新聞傳播史的單一格局，完善和發展了我國新聞傳播史。這一學科的創立與發展拓寬了研究領域，為當前少數民族地區建設有中國特色的社會主義新聞傳播事業提供了歷史借鑒。但是，長期以來對於這門學科的研究是很不夠的。20 世紀 80 年代以後，才開始有人探索出了一些成果，創辦了專門的科研和培養人才的教育機構。內蒙古的馬樹勳同志是這門學科的開拓者之一。他撰寫的《民族新聞探索》一書榮獲 1987 年內蒙古自治區社會科學二等獎。20 世紀 90 年代這門學科的研究層樓更上，1994 年中央民族大學出版社出版的《中國少數民族文字報刊史綱》是第一部從宏觀上對整個中國少數民族

〔註12〕上星即指衛星電視。

文字報刊進行綜合概括,並有一定深度的民族新聞學著作,是「中國少數民族文字報刊研究取得突破」的一個標誌。這部書先後獲北京市第四屆哲學社會科學優秀成果二等獎和教育部普通高等學校第二屆人文社會科學研究成果二等獎。1997 年,廣西師範大學出版社出版的《民族新聞學導論》比較系統地闡述了民族新聞學的起源、發展、現狀及其傳播規律,並從理論與實踐結合的高度對民族地區新聞隊伍建設、民族地區黨委如何加強對機關報的領導等問題進行有益探索,填補了民族新聞學研究領域的一項空白。2000 年,北京廣播學院出版社出版的《中國少數民族廣播電視發展史》又是一個新的里程碑,這部專著不僅是中國少數民族廣播電視事業的奠基之作,而且為中國少數民族廣播電視學的創立奠定了重要的理論和實踐基礎。

此外,還有一些專著和教材,如中國人民大學出版社出版的《中國新聞事業通史》(一、二、三卷)、福建人民出版社出版的《中國新聞事業編年史》(上中下三卷)、新華出版社出版的《中國現代新聞史》、新華出版社出版的《中國新聞通史綱要》、南方日報出版社出版的《中國新聞圖史》、高等教育出版社出版的《中國新聞事業史》等等均記述了少數民族新聞傳播發展歷程。散見於各學術刊物上的關於少數民族新聞傳播學的論文,改革開放以來至少也有一二百篇。其中有一定影響的是《少數民族新聞事業 50 年》《興起‧發展‧繁榮——中國少數民族新聞傳播事業 100 年》《我國少數民族報業的歷史與現狀》《中國民族新聞教育的興起與發展》《不可動搖的結論——鄧小平理論對少數民族報刊的指導》《民族新聞學研究的歷史性機遇》以及《關於中國少數民族廣播電視的幾個問題》《中國民族廣播的回顧與展望》《民族新聞辨》《西藏新聞傳播史的歷史分期問題》等等。這些成果顯示了我國少數民族新聞研究深入發展,並為進一步拓寬研究領域奠定了基礎。

可喜的是,少數民族新聞傳播研究的隊伍也在不斷擴大。除前邊提到的馬樹勳等人外,還有許多在民族新聞研究上取得成果的專家、學者。諸如西藏廣播電視廳副廳長張小平、內蒙古新聞研究所研究員巴干、延邊大學朝文系教授崔相哲、光明日報高級編輯張巨齡以及前北京市新聞工作者協會主席、高級編輯林青等資深學者。更為重要的是還有一批年輕專家學者參加到這一隊伍中來。如新疆大學人文學院新聞系副教授阿斯瑪‧尼牙孜、西藏民族學院語文系副教授周德倉等。目前這支隊伍由老中青組成,大多有成果問世,承擔過這方面的研究課題。比起 20 世紀 80 年代初葉,這支隊伍「壯大」多了。

五、中國少數民族歷史新聞傳播學中幾個基本概念

中國少數民族新聞研究雖然取得了一些成果，在一定程度上填補了某些空白。但這門學科的研究僅僅是初創階段，有許多基本概念尚在探討之中。諸如何謂少數民族新聞、如何界定中國少數民族新聞工作者，以及如何劃分中國少數民族新聞傳播史的歷史階段等等，都存在著分歧。

（一）何謂少數民族新聞？

目前學術界約有 11 種定義。1999 年 8 月 23 日《中華新聞報》發表了《少數民族新聞的九種定義》。《中央民族大學學報》2001 年第 5 期發表了徐利寫的《民族新聞辨》，在分析研究上述九種定義的基礎上，提出了新的看法，她為民族新聞的界定是：「民族新聞即新近發生的與少數民族政治、經濟、文化、生活等方面有關的具有一定民族意義的事實的報導」。此文發表之後，在學術界有一定反響。於是，在對民族新聞 10 種定義經過縝密的思考之後，有人提出第 11 種定義，即「民族新聞是中國少數民族新聞的簡稱，是對新近發生的中國少數民族政治、經濟、文化事實的報導」。有如此之多的定義，說明關於民族新聞傳播研究尚處在起步和探索階段，即初創時期。

11 種民族新聞的定義，歸納起來大約可分為 3 種界定法。一種是地域界定法，比如認為民族新聞「是發生在民族地區的、反映少數民族各方面的新鮮而有價值的事實。簡言之，民族新聞即反映少數民族生活的新聞。」還有一種是對象界定法，比如說「民族新聞就是大眾媒介及時傳播的受眾應知、欲知、未知的具有民族意義事實的信息」。再有一種是內容界定法，如認為民族新聞是「以少數民族為主要報導對象的新聞」。此外，當然還有運用邏輯歸納法的，也有把某些定義的外延拓寬，強調落腳點在於「新聞報導」的，等等。

顯然，界定民族新聞是十分迫切的。一個公認、完整、統一的新聞定義的誕生將會進一步促進民族新聞研究向縱深發展。我們期待著這個為學術界公認的民族新聞概念的早日問世。

（二）如何界定少數民族新聞工作者？

關於這一界定大約有三四種。1994 年出版的《中國少數民族文字報刊史綱》中最早指出：「首先，凡是從事新聞工作的少數民族同胞，都是少數民族新聞工作者。既包括在民族地區報社、電臺、電視臺、通訊社從事新聞採編、新聞學研究和管理的少數民族，也包括內地新聞單位的少數民族同胞，更包括

主要以民族語文傳播事實的新聞單位工作的少數民族同胞。其次，在以民族語文傳播事實的新聞單位從事採編、校勘、科研、教學和管理工作並做出一定貢獻的漢族同胞，特別是那些『民文』、漢語皆通的漢族同胞也應當歸入少數民族新聞工作者」。這一界定曾被民族新聞研究工作者在自己的學術著作中引用，並被作為研究中國少數民族新聞工作隊伍組成的依據。對此也有一些不同看法。比如，有人認為：「首先，凡是從事新聞工作的少數民族同胞，都是少數民族新聞工作者」，應改為「從事新聞工作的以反映少數民族生活為主要內容的一切從業人員。」還有人進一步指出：「少數民族文字報刊應具有兩個層面：一、該報刊的受眾以少數民族為主；二、該報刊的內容以少數民族的政治、經濟、文化為主。我們說，只要一份報紙具備了以上兩個層面中的任一層面，就可以稱之為少數民族文字報刊。有了這一定義，我們便有了另一定義：少數民族新聞工作者，是指所有服務於少數民族文字報刊的人員。」也有人強調從傳播對象和傳播內容兩方面進行定義：「少數民族新聞工作者，是指以少數民族為傳播對象，以少數民族及地區的政治經濟文化生活為傳播內容而從事新聞傳播活動的人」。還有人指出應區分民族新聞工作者和少數民族新聞工作者兩個概念：前者與本人的民族成分無關，不論其是少數民族，還是漢族或外國人，只要在民族新聞機構和民族新聞欄目的主要工作人員，就是民族新聞工作者；後者則強調本人是少數民族且從事新聞工作，漢族與外國人則不包括在內。以上幾種不同提法，都從不同角度，為中國少數民族新聞工作者予以界定，都有其各自的道理。現將其呈現在讀者面前，是期望出現一個更為接近真理的界定。

這裡還必須為民族新聞機構和民族新聞欄目予以界定。民族新聞機構，就是以報導民族新聞為主要內容或以報導民族新聞為播報特色的通訊社、報社和新聞期刊社、新聞電影製片廠、廣播電臺以及新聞性網站等。民族新聞欄目則是指以報導民族新聞為主要新聞內容或以報導民族新聞為新聞播報特色的欄目。

六、中國少數民族新聞傳播史的內容與歷史分期

少數民族新聞傳播學研究的主要對象，具體來說，應該包括民族新聞、以少數民族語文傳播的新聞、民族新聞機構及其業務活動、刊播以中國少數民族語文傳播事實的新聞機構以及其業務活動、少數民族新聞工作者的隊伍建設

和民族新聞傳播的歷史發展。作為少數民族新聞傳播學分支的中國少數民族歷史新聞傳播學雖然近幾年來也出了一些成果，但也只偏重於某個媒體、某個地區、某幾個民族，而理論的探討，也大多只是停留在經驗介紹、資料積累、就事論事的水平上，缺乏對其理論化、系統化的把握。史學的研究其下限也僅止於 20 世紀 90 年代初葉，還缺少一部能夠從宏觀上對我國少數民族新聞傳播從歷史與現實，從史論結合的角度進行綜合概括、深入開掘的鴻篇巨構。時代呼喚民族新聞研究必須跟上當前新聞傳播事業的飛速發展。而即將出版的《中國少數民族新聞傳播通史》將在已有成果的基礎上對 20 世紀少數民族新聞傳播事業（報刊、廣播、電視、網絡、新聞教育與研究、隊伍建設等等）的興起、發展和現狀做全面、系統、深入的總結分析，並詳盡闡述其新聞傳播規律，而對當代民族語文新聞傳播的研究及其科學結論又是掌握我國民族地區媒體總體發展的重要依據。這部書將以少數民族新聞傳播發展的特殊規律劃分其歷史分期。

從目前出版的不同版本的歷史新聞傳播學著作來看，它們的歷史分期大致有三種：1.以報刊歷史的宏觀進展為標準；2.以中國通史的分期為標準；3.以著名新聞工作者的活動和新聞史上的里程碑事件為分期標誌。〔註13〕以上 3 種不無道理，而是不能機械照搬。關於中國少數民族歷史新聞傳播學的分期，應以聯繫和發展的觀點進行分析研究。任何事物都不可能孤立地存在和發展，世界是一個相互聯繫、相互影響的統一整體。探討中國少數民族新聞傳播發展的內在規律，要考慮到社會諸種因素的作用，如科學技術上的發展狀況、文化教育的水準、交通運輸的發達程度以及民族心理、民族文化的影響與滲透等。由於新聞傳播反映對象的豐富性，它和各個時期的政治史、經濟史、文化史都有著緊密的聯繫。因此，研究中國少數民族歷史新聞傳播學，同研究其他歷史新聞傳播學一樣，都離不開各個時期的政治鬥爭史、政黨發展史和生產鬥爭史、經濟發展史，根據這個原則，參照歷史新聞傳播學的 3 種分期，《中國少數民族新聞傳播通史》將按照其內在規律劃分歷史發展階段。具體分為上編：中國少數民族新聞傳播的興起時期（遠占一 20 世紀 20 年代），包括報刊產生前的少數民族新聞傳播、少數民族的辦報活動、我國早期的少數民族文字報刊，少數民族現代報刊萌芽與雛形等 4 章。中編：中國少數民族新聞傳播的發

〔註13〕參見王鳳超：《中國新聞業史的歷史分期問題》，《社會科學戰線》，1982 年第 2 期。

展時期（20 世紀 30 年代～70 年代中葉），包括少數民族新聞傳播初步發展階
段（20 世紀三四十年代）、少數民族新聞傳播深入發展階段（20 世紀 50 年代
～60 年代中葉）和少數民族新聞傳播特殊階段（20 世紀 60 年代中葉～70 年
代中葉）等 3 章。下編：中國少數民族新聞傳播繁榮時期（20 世紀 70 年代中
葉～20 世紀末），包括以黨報為核心的多層次、多種類、多種文字的民族報刊
體系；多語種、多層次、多渠道的較為系統的特色鮮明的新聞傳播體系的形成；
少數民族新聞教育的興起與發展；少數民族新聞研究的初創時期，中國少數民
族新聞工作隊伍建設等 5 章。

　　這一架構的形成，是經過一番思考的，也曾嘗試過以中國通史為歷史分期
的結構方法。《中國少數民族文字報刊史綱》就是按政治歷史分期結構全書的。
首先以中華人民共和國成立為界限，之前為古近代和現代部分，之後為當代部
分。古代部分始於 1898 年戊戌變法，止於 1919 年「五四」運動前；現代部分
從「五四」運動開始到中華人民共和國成立；當代部分止於 1990 年。全書共
3 編 8 章 46 節。這一結構其實也是一種應急的辦法，當時由於缺乏深入細緻
的研究，不可能對少數民族新聞傳播發展歷程探索出一條比較客觀、比較科學
的規律來。而今的篇章結構雖然也有偏頗，但是我們認為是以新聞本身為本
位，按中國少數民族新聞傳播活動本身發生、發展的過程所呈現出來的獨特的
階段性劃分章節，較為準確地「摹寫」出中國少數民族新聞傳播演進的各個時
期，每個階段的各種新聞現象和傳播活動的本來規模和獨特狀況。究竟如何劃
分其歷史分期更為科學、更符合少數民族新聞傳播的內在規律，當然還有待於
以歷史詮釋未來的專家學者給予明確的回答。

七、中國少數民族歷史新聞傳播學的研究方法

　　中國少數民族新聞傳播學是一門新興的學科。尚未開墾的處女地俯拾皆
是。少數民族歷史新聞傳播學就有不少尚未耕耘的處女地。究竟如何學習和研
究這門學問，到目前為止還沒有一套系統的成熟的方法，在這個問題上也應當
借鑒其他歷史新聞學的學習和研究方法，掌握辯證唯物主義和歷史唯物主義
是學習和研究這門學問的根本方法。

　　首先要掌握史實，一切以客觀事實為認識的出發點，堅持實事求是的原
則。實事求是是馬克思主義、毛澤東思想、鄧小平理論活的靈魂。對少數民族
新聞傳播規律的概括總結應該從客觀實際出發，不能以某個權威、某位領袖的

論述作為學科體系的出發點。搜集翔實可靠的資料，是堅持實事求是的基礎。史料的搜集與發掘是一項艱苦的工作。最大限度地挖掘和搜集第一手資料，就意味著為後人最大限度地真實再現歷史發展的軌跡，讓後人最大限度地認識真實的歷史原貌。研究少數民族歷史新聞傳播學沒有現成的資料可供查閱，也沒有前人的理論可資借鑒。處女地的確孕育著收穫與希望，然而這一切美好的憧憬是始於披荊斬棘的。「與時俱進，開拓進取」是貫穿在這一學科研究的始終的。

研究少數民族新聞傳播的困難還在於其新聞傳媒多分散在邊遠地區，資料的搜集整理艱難程度遠比想像得要多得多，同時也給調研者增加了難度。尤其是還有語言文字的障礙，不要說通曉一兩種民族語文需要付出多少心血，就是你掌握了一兩種語文又怎麼能通曉一二十種民族語文呢？又何況有的少數民族使用兩種以上的文字，比如景頗族還有一個分支載佤人，而載佤人有自己的文字，並辦有著名的載佤文報紙！又比如世居於四川、雲南交界的瀘沽湖的摩梭人，過去一直認為他們沒有語言文字。然而楊學政先生在當地收集到用 32 個圖畫文字書寫的達巴卜書 12 篇，稱為《天書》或《算日子書》。〔註14〕他們這 32 個圖畫文字連關東升教授主編的《中國民族文字與書法寶典》也未能收入。僅此一點，給學科建設所帶來的困難可想而知了。民族地區相對內地來說，經濟文化滯後，作為新聞傳媒的載體及其資料工作相對發展遲緩。尤其是在思想上缺乏重視，目前不少史料由於主客觀的原因散失較多，比如報紙的發刊詞。更不要說「八年抗戰」和「十年浩劫」等歷史災難所造成的損失了。

少數民族歷史新聞傳播學是中國歷史新聞傳播學的重要組成部分和前沿的基礎學科，學科建設十分薄弱。為了全面、廣泛地搜集有關資料，加強基礎學科的建設，就要請老報人、「老廣播」、老專家憑他們掌握的資料和經歷進行回憶整理。對於有價值的史料抓緊時間積極搶救，是對歷史負責、對後人負責的態度。提倡到民族地區「采風」，深入報刊、廣播、電視、網絡等幾大新聞媒體，搜集第一手資料，堅持若干年，有計劃、有組織、有步驟、分階段到基層進行實地考察，以抽樣調查、民意測驗、問卷調查、文獻調查、比較研究的具體方法，大規模地從當事人和見證人那裏搜集有關資料、實物、數字等等，以增強資料與數據的實證性和可靠性，這同時也是搶救歷史。在實地調查中，

〔註14〕見李達珠、李耕冬：《最後的母系部落》，第 56 頁和第 295～309 頁附，四川民族出版社，1999 年版。

還要注意啟發當地少數民族新聞工作者,特別是老新聞工作者的專業意識,以便盡可能多地瞭解和學習他們的辦報(廣播、電視)的經歷、經驗,以及其中所體現的開拓創業和艱苦奮鬥的精神,總結他們的新聞活動和新聞思想,以不斷豐富中國少數民族歷史新聞傳播學的內容。

史學家們大都認為,「歷史是一個包羅萬象的時空範疇」。所謂「以史為鑒可以知興替」,並非什麼「史」都可以「為鑒」的。只有「以事實為基礎,以史料為依據」的歷史才能成為後人「資政」「育人」的一面鏡子。〔註15〕歷史作為一門學問,它是過去實踐的總結與概括。這種「總結」與「概括」必須「以事實為基礎,以史料為依據」,才能顯得彌足珍貴,讀史也才能使人明智,也才能指導實踐。

其次,學習和研究中國少數民族歷史新聞傳播學,必須理論聯繫實際。一般說來,新聞報導要堅持「二為方針」,〔註16〕以讀者為中心,用事實說話,講究及時性、接近性、顯著性、重要性和趣味性。這一規律是具有普遍性的。民族新聞報導及其研究也不例外,要受黨的新聞政策的制約。此外還要以黨的民族政策與理論為準則,換句話說,學習和研究少數民族歷史新聞傳播學要以馬克思主義民族理論、新聞理論、黨的民族政策為指導,聯繫民族地區新聞傳播的實際情況,才有可能對民族新聞傳播事業有正確的認識和瞭解,才有可能使民族新聞研究既有豐富的客觀事實基礎,更有理論思辨的力度,從而將這門科學的研究引向深入。

如前所述,研究少數民族歷史新聞傳播學,不懂少數民族語文,是一個很大的障礙,學習和研究人員作為個體亦不可能掌握所有的少數民族文字,很多情況下,除需要借助其他資料外,還要請既懂該種民族語文又懂漢語文的同志幫助翻譯整理。加強團結合作,在少數民族新聞研究隊伍中貫徹「三個離不開」,〔註17〕就成為十分必要的大事了。

對於年輕同志,我們提倡至少學習一門少數民族語文,這樣才能更好地到民族地區調研實習,對中國少數民族歷史新聞學進行深入研究。

新世紀的曙光已普照大地。在這個世紀初回顧研究上個世紀的少數民族

〔註15〕據 2002 年 9 月 20 日李瑞環在全國政協《文史資料存稿選編》首發式暨贈書儀式上的講話。
〔註16〕「二為」方針,即為人民服務,為社會主義服務。
〔註17〕「三個離不開」即漢族離不開少數民族:少數民族離不開漢族,少數民族也離不開少數民族。

新聞傳播學及其發展，將從理論上豐富新聞學、傳播學、民族學和文化學的研究成果，拓寬各個學科的研究領域，並為我國少數民族新聞傳播的未來發展提供較高的理論依據。

十分明顯，少數民族歷史新聞傳播學的研究在學術上具有創新意義和文獻價值。它將對廣大民族地區的新聞傳播事業和社會主義文化建設乃至民族地區的社會發展與進步具有顯著的理論價值和現實意義。

2002 年 3 月 28 日草稿；10 月 2～7 日修改

（原載《當代傳播》2003 年第 1 期）

興起‧發展‧繁榮
——中國少數民族新聞傳播事業 100 年

　　20 世紀是我國少數民族新聞傳播事業興起、發展、繁榮的一百年。世紀之交，回顧這段發展歷程，對於新世紀我國少數民族新聞傳播事業的深入發展以及整個新聞傳播事業走向輝煌，有著重要的歷史與現實意義。

　　20 世紀初葉，是我國少數民族新聞傳播事業興起時期；從三十年代到七十年代末是其曲折發展的時期。這個時期又分 3 個階段：三四十年代是初步發展階段，五六十年代是進一步發展階段，而文化大革命的十年又是少數民族新聞傳播事業特殊的發展階段。自 20 世紀 70 年代後期到本世紀末，少數民族新聞傳播事業迎來了繁花似錦的春天，是其空前繁榮的時期。

一、興起

　　我國少數民族新聞傳播事業興起於 20 世紀初葉。最初的 10 年，在一些少數民族地區，出現了用蒙、藏、朝、維等民族文字出版的近代化報刊。在內蒙古地區出版發行的《嬰報》（蒙漢合璧，1905 年）、在拉薩出版的《西藏白話報》（1907 年）、在東北地區出版的朝鮮文的《月報》（1909 年）和在新疆地區出版的辛亥革命時期唯一的少數民族文字報紙《伊犁白話報》（1910 年，漢、維、蒙古、滿四種文字出版），是一批最早的少數民族文字報刊。到了民國時期，還有在北京出版的《蒙文大同報》（1912 年）、《蒙文白話報》、《藏文白話報》、《回文白話報》（1913 年）。這個時期，少數民族文字報紙最多不超過 10種。少數民族文字報紙的出現一方面打破漢文報刊一統天下的格局，同時也反映了少數民族同胞在辛亥革命前後參與社會政治論爭的積極性。少數民族新

聞傳播事業尚處單一性的發展階段，除了報刊這個媒介之外，再也沒有其他媒體了。雖然我國少數民族新聞傳播發展緩慢，品種單一，但是自其誕生之日起，就邁過了古代原始狀態，徑直進入近代化報刊，顯示了我國少數民族文字報刊發展的跳躍性。

二、發展

三四十年代是我國少數民族新聞傳播事業發展時期的第一階段。這個階段少數民族文字報紙數量、種類增多，蒙、維、哈、朝、錫伯、滿等 7 個民族有本民族文字的報紙，尤以蒙、朝、維、哈、錫伯等五種文字的報刊較比發達，並已具有現代報刊的特征和辦報規模。在蒙、朝、維等文種中的黨報和黨的報刊（即統一戰線報刊）最發達，也積累了較為豐富的辦報經驗。新疆的哈文報、錫伯文報紙在其歷史悠久、持續時間長這一點上，是其他文種無可比擬的。1936 年 4 月在迪化（今烏魯木齊）創辦的《新疆日報》（先後以維、哈、俄文出版）和 1947 年元旦創辦於王爺廟（今烏蘭浩特）的《內蒙自治報》，尤其是在從 9 月 1 日起正式成為中共內蒙古黨委機關報之後，是我國最早的省級少數民族文字報紙，它們的創刊標誌著我國少數民族新聞傳播事業進入了發展時期。從刊期的種類上看，又以蒙文和朝文報刊最多，月刊、隔日刊、三日刊、週刊、旬刊、半月刊、月刊等，辦出了水平，辦出了特色，受到了讀者的歡迎。

內蒙古地區和東北地區黨報和黨的報刊是在與各種反動政治派別的民族文字報紙進行艱苦卓絕鬥爭中發展起來的。在《1930 年東三省民國報紙調查》一文中有這樣記述：「中國政治未上軌道，政見亦不統一，民眾經濟橫遭破壞，因而新聞事業實屬艱難。特別是東三省，困難更多。東三省的新聞事業完全處於日本言論勢力籠罩之下，所有中國報紙的發行份數加在一起，恐怕也不能與《盛京時報》、《滿洲報》、《泰東日報》三社相抗衡。」〔註1〕這裡指出了中國新聞事業發展艱難、遲緩的原因，少數民族文字報紙也應包括其中。而中國進步的少數民族文字報刊又是在與敵偽報刊、國民黨報刊和形形色色的民營報刊的競爭中艱難地發展起來的。這個時期黨報和黨的報刊不僅有不同文種、不同刊期的鉛印、石印、油印的省地縣各級的機關報，而且為了滿足需要還辦起

〔註 1〕《1930 年東三省民國報紙調查》，原載昭和五年（1930 年）12 月 3 日《吉林時報》（日文週刊，大連圖書館藏），署名無妄生、譯者徐秉潔。

了《蒙漢聯合畫報》和《內蒙畫報》，以通俗的文字和生動的畫面向農牧民宣傳黨的方針政策和民族團結政策，滿足了文化水平較低、識字不多的少數民族同胞交流信息、瞭解時事的要求，也就是說，在這個時期出版了我國第一張地方性的少數民族文字畫報。這是項開創性的工作，具有重要的意義。

這一時期少數民族文字報刊在新聞業務方面有較為明顯的變化。內蒙古地區、新疆地區、東北地區報紙的版面和欄目逐漸增多、內容日益豐富。重視當地的新聞報導，把少數民族關心的事件作為重要內容放在顯著位置發表，對於重要新聞重大事件配以社論、評論，造成聲勢，形成輿論，注重效果。新聞體裁已從單一的消息跳躍出來——通訊、特寫等作品開始出現，而各個報社已有自己的記者採編的新聞通訊稿件，試圖改變民族文字報紙就是漢文報紙的翻版現象。文藝副刊所刊載的詩詞、散文等文藝作品的質量普遍提高，更自覺有效地配合要聞版的中心內容，要聞版與副刊、專刊逐漸統一和諧，更集中地宣傳中心任務。同時注重版面的美化、出現了插圖和照片，遇有重大新聞還要用紅色套版印刷，這是我國少數民族文字報刊在編採業務上的一大進步。

各級黨組織的重視是黨報和黨的報刊發展的主要原因。1938年《中共中央關於黨報問題給地方黨的指示》、1941年《中宣部關於黨的宣傳鼓動工作提綱》，還有1944年毛澤東在陝甘寧邊區文化教育工作座談會上的講話，是指導黨的新聞事業發展的理論，也是辦好少數民族文字黨報和黨的報刊的綱領性文件。各級黨委認真貫徹執行中共中央和中央領導同志的指示精神，落實在各自的辦報實踐中。內蒙地區黨委在此期間就辦好《群眾報》、《內蒙古週報》、《內蒙古日報》、《綏蒙日報》專門做出決定。這些決定規定了辦好這些報紙的方針、政策、辦報宗旨、讀者對象，以及建立通訊員組織等等。更為重要的是對如何辦好少數民族文字報紙也同樣做了具體指示，實行全黨辦報、群眾辦報的路線，以民族特點地區特點吸引廣大少數民族同胞。由於各級黨委的重視，各個報社非常重視自身的建設，在新聞工作實踐中摸索、總結辦好黨報和黨的報刊的經驗，培養少數民族新聞工作者，逐步提高他們的政治素質和業務素質。《內蒙自治報》最先在《把報紙辦好》的社論中提出了「大家辦報」的觀點，並在第四版開闢了《新聞工作》的專欄。「共同研究一些新聞業務上的問題，籍以推進新聞工作的發展。」報社領導創造一切有利條件，為採編人員提供學習、研究民族語文的機會，把辦好少數民族文字報紙與提高民族語言文字的表達能力結合起來，統一起來。

　　黨報和黨的報刊能夠迅速發展又一個原因是，各個報社的採編人員既按照各級黨委的指示辦事，又與新聞工作實踐相結合，遵循新聞工作自身發展規律。1945 年底，黨中央在《和平建國綱領草案》中指出「在少數民族區域，應承認各民族的平等地位及其自治權。」1947 年 5 月 1 日，內蒙古自治區成立，標誌著我國民族地區少數民族人民對於自治權利的實施。從此，少數民族新聞傳播事業就在落實黨的民族區域自治政策，發揮各個少數民族當家作主，自己管理本民族內部事務的自治權利的形勢下發展起來了。黨的民族區域自治和民族團結政策，是少數民族黨報和黨的報紙興起和發展的可靠保障，沒有黨的民族區域自治和民族團結政策是不可能有少數民族文字黨報和黨的報刊的創辦與發展的。勿庸諱言，辦好少數民族文字的黨報和黨的報紙必須堅持無產階級黨性原則，但是，辦好少數民族文字報紙還應在堅持黨性原則的基礎上，運用黨早已賦予的民族地區的自主權。這說明辦好少數民族文字的報刊就要正確處理黨性原則與自主原則的關係。把這兩者的關係處理好，報紙就辦得好，就能發展具有民族形式和民族特點的少數民族新聞傳播事業。

　　三四十年代，尤其是進入 20 世紀 40 年代之後，我國少數民族新聞傳播事業開始打破單一性的發展。不僅在主要的民族地區出現了民族文字報紙，而且開始出現民族語言的廣播事業。20 世紀 30 年代，新疆的廣播事業已經興起，進入 20 世紀 40 年代之後，廣播成了新疆獲得各種信息的有力工具。新疆各族人民通過廣播瞭解許多省內外、國內外的政治時事。但是由於廣播節目比較單調，尚不能滿足各民族聽眾的要求。1941 年底，廣播的內容才比較豐富起來；除廣播新聞外，還播放時事政治報告和包括少數民族音樂在內的唱片以及各社會團體的歌詠等文藝節目。直到 1949 年初，在新疆才真正出現了少數民族語言──維吾爾語廣播。

　　新疆的廣播事業雖然在我國民族地區比較發達，但是少數民族語言的廣播事業最早並不始於新疆地區。1935 年，在西藏地區首先出現了藏語廣播。我國第一座少數民族語言播音的電臺是創建於 1949 年 11 月 1 日的延邊廣播電臺。朝鮮語的廣播興起較早。在日本入侵延邊時期就建有間島廣播電臺，以日、朝、漢語同時播音，推行奴化教育。日本投降後，蘇聯紅軍接管了這座電臺。1946 年 4 月蘇軍撤走後由人民政府接管，轉播延安廣播電臺的節目。當年 6 月，這座電臺更名為延吉新華廣播電臺，用朝鮮語和漢語同時播音。朝鮮語廣播累計約 50 分鐘，主要是漢語節目翻譯成朝鮮語後播出的。

我國少數民族語言廣播事業的出現，打破我國民族新聞傳播事業的單一性。同時，這也是我國少數民族新聞傳播事業進入發展時期的一個重要標誌。

馬克思主義時事期刊《蒙古農民》和《反帝戰線》的出版，也是少數民族新聞傳播事業逐步進入發展時期重要標誌之一。1925 年在北京創刊的《蒙古農民》（半月刊）是由中國共產黨第一個蒙古黨支部主辦的，它是農工兵大同盟的機關刊物。該刊以辛辣、通俗、流暢的文筆向廣大蒙古族勞苦大眾宣傳黨的民族政策，指出蒙古民族求解放的正確道路。李大釗同志直接領導了這個刊物的創辦。他撰寫的《蒙古民族解放運動》一文的發表，為創刊奠定了堅實的思想基礎。他拿到創刊號後，高度評價，熱情讚揚了這個刊物的主要負責人多松年（蒙古族），說：「真想不到你搞得這樣漂亮，完全像個老手辦的！」《反帝戰線》是新疆最早的綜合理論刊物。1935 年 9 月創辦於迪化市，由新疆反帝聯合會主辦。自 1940 年三卷第四期起改為月刊，並出版維文版，它是新疆最早傳播馬列主義毛澤東思想的刊物。該刊由共產黨、進步人士以及革命青年組成的編輯委員會主持工作。

20 世紀五六十年代是少數民族新聞傳播事業進一步發展階段。1950 年，我國有少數民族文字報紙 21 種。1954 年 7 月 17 日，中共中央政治局通過的《關於改進報紙工作的決議》中明確提出，「各少數民族地區，凡有條件的就應創辦民族文字的報紙。」並強調說，「少數民族地區的報紙，應注意宣傳黨的民族政策，宣傳愛國主義和民族團結，並按照當地的特點適當地進行關於黨的過渡時期的總路線的宣傳。」在黨的民族區域自治政策和民族團結政策的指引下，我國少數民族新聞傳播事業在原有的基礎上，有了較大的發展。主要的少數民族聚居區基本上都有了本民族文字的報紙，如《內蒙古日報》、《新疆日報》、《西藏日報》、《延邊日報》等等，形成了多層次（甚至多文種）的黨報系統。20 世紀 60 年代前後，在已有文字的少數民族中，絕大多數興辦了自己的報紙，除蒙、藏、朝、維、哈、錫伯等民族文字報紙在過去已創辦外，這個階段又有柯爾克孜文、傣文、景頗文、傈僳文、壯文等報紙繼續創辦。從地域上講，從中央到地方，從首都到邊疆，尤其是民族地區都有了少數民族報刊，甚至在一個縣內也能出版一種或兩種少數民族文字報紙。

20 世紀五六十年代，我國少數民族文字報紙的版式顯示了新的特點：民文與漢文合刊。這種版式的特點是民文與漢文兩個報頭，第一版由民文和漢文分別出版，二三版則是漢文版，沒有民族文字。如《喀左縣報》和《阜新蒙古

族自治縣報》就是蒙漢文合刊的民文報紙。雖然這種版式留下了少數民族文字報紙發展初期的印記，但也不失一種獨特的形式。

少數民族文字報紙版式的發展經歷了幾個階段。最早創辦的報紙，一般都是「民文與漢文合璧」式，比如《嬰報》就是「蒙漢合璧」，即在這張報紙上既有蒙文，也有漢文，其內容基本一致。這種版式大多在這種文字報紙的初創時期，從民族新聞事業發展角度來說，則是民族文字報業的興起時期。接著，是民族文字報紙與漢文報紙分刊出版，民文報紙基本是漢文報紙的譯報或者兩者的內容大同小異。這種版式的民文報紙大約出現在三四十年代。20 世紀五六十年代創辦的報紙大多數也是這種形式。「譯報」滿足不了廣大少數民族讀者的需要，也不符合少數民族讀者的閱讀習慣，因而現實向報社提出新的要求，即少數民族文字的報紙要辦出自己的特色，辦出地區特點和民族特點；並且要培養和造就精通本民族語文的新聞工作者，提高民族新聞工作者的業務水平。各級各類報紙上上下下增強責任感實行自編自採，獨家新聞始見報端。從民族新聞事業發展的角度來看，這種分刊形式出現，是我國少數民族文字報紙的一大進步，由初創階段逐漸步入了發展階段。但是，以上各種版式的民族文字的報紙，沒有一家報紙有自己獨立的報社〔註2〕，都是與漢文報同屬一個報社，這就是民族新聞傳播事業中一社多報的現象。

這個階段，我國少數民族新聞傳播事業徹底打破了單一性，少數民族語言的廣播事業初具規模。1949 年 12 月 21 日，迪化人民廣播電臺開始播音。翌年始用新疆人民廣播電臺呼號。建臺之始使用漢語和維吾爾語進行廣播。20 世紀 50 年代中後期，增辦哈薩克和蒙古語廣播。如今，新疆人民廣播電臺維、漢、哈、蒙、柯 5 種語言用 20 多個頻率廣播，每天播音 80 多個小時。社會主義民族廣播事業日益壯大發展。1950 年 11 月 1 日，內蒙古烏蘭浩特人民廣播電臺建立並正式播音，1954 年 3 月 6 日改名內蒙古人民廣播電臺。內蒙古地區廣大蒙古族同胞是以本民族的語言作為交際和思維工具的，因而這座廣播電臺一成立就以蒙漢兩種語言廣播，使蒙古族同胞享有現代政治文化生活的權利，貫徹黨的民族政策。它是我國最早的省級廣播電臺之一。在 60 年代前期，該臺先後建成一座較大功率的中短波廣播發射中心。前後兩期工程完成

〔註 2〕1983 年元旦，《黑龍江新聞》（朝鮮文），經省委批准從黑龍江日報社分離出來，成為獨立的新聞單位，是我國又一張少數民族文字的省級黨報。少數民族文字報紙從漢文報社裏獨立出來，成為獨立的省級報社，對於辦好少數民族文字報紙大有好處，是一種可喜的發展。

後，蒙漢語言兩套節目所需發射技術已具備，變蒙、漢兩套節目交替插播為分機播出，延長了播音時間，收到更大的宣傳效果。在這個階段，內蒙古各盟市先後建立了廣播電臺。1959 年初，自治區已有 7 盟 2 市創建了電臺，形成了以內蒙古廣播電臺為中心的無線電覆蓋體系。

西藏地區在 1956 年自治區籌委會成立之前，中共西藏工委宣傳部就開始籌建拉薩有線廣播站。1958 年，廣播站啟用無線電廣播。1959 年元旦始用「西藏人民廣播電臺」進行播音，使用藏漢兩種語言，每天播音時間為 8 小時。從西藏人民廣播電臺建立之日起，就以辦好藏語節目為主，從機構設置、幹部配備、頻率分配、節目時間等方面，總是優先考慮和滿足藏語廣播的需要。

新中國成立後，作為為全國各族人民服務的中央人民廣播電臺，為了各民族的平等團結和共同繁榮，專門開辦了少數民族廣播節目。1950 年 5 月 22 日，為配合西藏解放，首先開辦藏語節目，以後陸續開辦蒙古語、維吾爾語、壯語廣播。

總而言之，在這個階段，我國少數民族語言的廣播從中央到地方，尤其在少數民族同胞聚居的民族地區已經形成了網絡和體系，它跟報紙一樣，成為黨和少數民族同胞聯繫的紐帶，擔負著宣傳黨的民族政策和民族地區社會主義建設的光榮使命。

「文化大革命」動亂的 10 年是我國少數民族新聞傳播事業特殊發展的年代。在這場空前的浩劫中，少數民族新聞傳播事業跟全國的新聞事業一樣，成為重災區。絕大多數民族文字報刊被查封，或被迫停刊，保留下來的主要是自治區首府的黨委機關報或者歷史比較悠久的幾張報紙。這些報紙，除了以少數民族文字印刷發行之外，已無特色可言。再有，絕大多數民族文字報社實行軍事管制，民族新聞工作者以莫須有罪名遭到迫害，各種專業技術人員銳減，「文革」之後出現了人才的「斷層」。雖然如此，我國民族區域自治政策、民族團結政策還是具有強大生命力的。即是在黨的新聞工作傳統遭到嚴重破壞的十年浩劫中，我國少數民族文字報業也有新的發展，尤其是在廣大民族新聞工作者逐漸認清四人幫的倒行逆施後的 20 世紀 70 年代，又有一些民族文字報紙創刊、復刊。如內蒙古自治區的《烏蘭察布日報》的蒙文版就創刊於 1971 年。又如少數民族文字的《參考消息》在動亂的十年中又增加了哈文版（1975 年 8 月 1 日創刊）和蒙文版（1973 年 4 月 1 日創刊），1975 年開始向全國發行。維、哈、蒙三種文字的《參考消息》都由新疆日報社翻譯出版。三種民族文字

的《參考消息》都從幫助廣大少數民族幹部、知識分子和各界群眾開闊眼界，認識世界，正確分析和判斷國內外形勢，滿足少數民族日益增長的新聞欲的角度出版發行的。因而無論是哪種文版的《參考消息》都是以報導國際政治時事為主，特別是美國、前蘇聯（現俄羅斯等）以及港臺等國家和地區的政治經濟、軍事技術、文教衛生等方面的情況，反映變幻無窮的新世界發展形勢，並以刊登外國通訊社、港臺報刊的報導與評論的原文為主，內容豐富，信息廣泛，能及時傳播世界瞬息萬變的動態。

民族地區的電視事業也在這個階段誕生發展。內蒙古電視臺和新疆電視臺都籌建於 1960 年，1970 年兩座電視臺開始播放黑白節目，揭開了自治區電視臺歷史的第一頁。雲南電視臺 1969 年 10 月正式播出。這個階段，還有一批地州盟的電視臺創立，1971 年包頭臺創辦，1973 年呼倫貝爾臺創辦，1977 年延邊臺創辦，等等。民族地區電視事業的誕生為我國少數民族新聞傳播事業又增強了一個年輕的夥伴，電視事業從無到有的飛躍不能不讓人高興。

三、繁榮

20 世紀八九十年代是我國少數民族新聞傳播事業繁榮時期。據統計，20世紀 80 年代末，全國已有 17 種少數民族文字的報紙 84 家，和用 11 種民族文字出版的 153 家期刊。「少數民族使用和發展本民族語言文字的自由得到尊重和保障。」（伍精華語）1994 年民族文字報紙發展到 136 家，形成了以黨報為核心的多層次、多地區、多種類、多種文字的民族報刊體系。到 1999 年底，全國具有國內統一刊號和地方報刊登記準印證的少數民族文字報紙共計 144家，其中維吾爾文 50 家，蒙文 27 家，藏文 17 家，朝鮮文 13 家，哈薩克文 16家，新老傈僳文共 4 家，苗文 4 家，傣文、彝文、布依文各 2 家，壯文、景頗文、載瓦文、納西文、侗文、柯爾克孜文和錫伯文各 1 家。少數民族文字報刊體系更加完整，更為豐富。

改革開放以來，民族報刊時效性增強，信息量增大，注重服務性，適應改革開放、發展商品經濟的需要，適應提高人民文化生活的需要。內蒙、新疆、西藏等自治區早已形成以首府為中心、幅射狀的民族報刊網絡，使黨報為核心的多層次、多地區、多種類、多種文字的報刊體系更加完善，也更加明顯。近兩年來，我國少數民族文字和民族地區報刊同全國其他新聞媒體一樣，響應黨中央的號召，把發展本地區經濟、宣傳國有企業改制情況，報導在建立和完善

社會主義市場經濟體制過程中湧現的新人、新事、新風尚作為工作重點。同時，各民族地區的報紙也注重報紙自身的建設，針對本地具體情況，加以改進。如《內蒙古日報》（蒙文版）除了加大蒙文新聞自採率外，還努力辦好「草原曙光」、「民族團結、進步」，「致富之路」等一批在讀者中已享有一定聲譽的專欄、專頁。並從 1999 年元旦起，將原來的週日版改為「社會週刊」，新增一個「經濟週刊」，以適應讀者需求。隨著改革的不斷深入，民族地區的報紙更注重到生產生活一線去挖掘新聞，以確保讀者能瞭解身邊發生的最新變化。如《伊犁日報》把基層報導作為重點，記者深入基層、深入群眾，深入農村改革一線去擷取生動的事實，反映基層改革的進程和成果，讓讀者看到基層發生的深刻變化。

此外，民族地區報紙還根據自身特點，策劃了一些專題報導。如 1999 年是西藏民主改革 40 週年，《西藏日報》為配合這一紀念活動，自 3 月 29 日起，推出題為《雅江行》的一組大型系列報導。報社組織 4 個採訪小分隊，從雅魯藏布江源頭起，行程 5000 多公里，對沿江 30 個縣市進行了深入採訪，以典型的事例、細膩的描寫，充分、生動地反映了西藏民主改革 40 年來各方面發生的巨大變化，再現了西藏高原的秀麗風光和多彩生活。

廣播電視是現代科學技術、現代工業的產物。廣播電視事業是新興的新聞傳播媒體。自少數民族語言廣播興起之後，到今天已有六七十年了。據統計到 1998 年底，從中央到地方，包括省（自治區）、地（州、盟）、縣（旗）共辦有蒙古、藏、維吾爾、哈薩克、朝鮮、壯、彝、傣、傈僳、景頗、拉祜、哈尼、瑤、佤、納西、白、羌、布依、水、侗、苗、柯爾克孜、錫伯等 24 種少數民族語言廣播節目。各地辦有少數民族語言的廣播電臺（站）已達 165 座，電視臺 141 家。少數民族廣播電視人口覆蓋率達到了 74.5%和 74%。1981 年 6 月 1 日，中央臺漢語「民族專題」節目（即現在的《民族大家庭節目》創辦了，這標誌著對民族廣播事業的認識更科學化、更全面、更正確。近兩年來，中央人民廣播電臺的少數民族語言廣播節目深化改革，增強針對性，在提高收聽率方面進行探索，並已見成效。如藏語廣播開辦《空中信箱》欄目，一年內共播出內地西藏中學的藏語家信 1100 多封，收到來信來電近千封（個），效果顯著。更為可喜是中央臺少數民族語言節目全部實現「上星」，這是我國少數民族新聞史上一件大事。

民族地區少數民族語言廣播也有新的發展。到 1987 年我國已有省地縣三

級廣播 386 座，7 個少數民族聚居區的省區有 55 座，其中內蒙古 21 座、寧夏 6 座、新疆 10 座、廣西 7 座、西藏 1 座。在縣級臺中，創辦較早的是雲南陸良人民廣播電臺，1983 年 10 月開始播音。其新聞節目有大幅度增長。內蒙古人民廣播電臺蒙語部年發各類新聞近 5000 條，其中重點報導 120 餘條，專欄、特別節目 64 組，全年新錄製蒙古語說書 2000 小時。數來寶 20 首，詩歌 40 首，散文 35 篇，全年共播出文學專題 160 組（每組 30 分鐘）。黑龍江人民廣播電臺設有全國唯一的省級朝鮮語廣播，每天播出 5 小時節目。從 1998 年起，有一個小時的節目通過亞洲 2 號衛星的轉發擴大覆蓋面，並向韓國放送公社（KBS）每年傳稿 540 餘件。四川人民廣播電臺藏語部辦有康巴語《藏語新聞》節目，每天 20 分鐘；康巴語專題節目《雪山草地》，每週播 3 次，每次 10 分鐘。全年播出新聞節目 636 組，約 165 萬餘字。雲南人民廣播電臺辦有西雙版納傣語、德宏傣語、傈僳語、景頗語、拉祜語等 21 種少數民族語言廣播。每種語言節目為 45 分鐘。各種語言廣播每天安排上星節目一次，每次 45 分鐘。全年共播出民族語言新聞節目 260 組 2300 餘條，專題 165 組 270 條，周末節目 260 組 1200 多條。新疆人民廣播電臺有維吾爾、哈薩克、蒙古、柯爾克孜四種民族語言廣播，並錄製維、哈、蒙、柯四種語言的歌曲。一年共錄 609 首新歌曲，內容豐富，體裁多樣、品位較高，錄音質量上了一個檔次。如今，新疆電臺已形成了衛星、短波、中波、調頻四位一體的交叉覆蓋網，和世界上 20 多個國家和地區保持著聽眾聯繫，成為全國開辦語種最多，覆蓋面最廣的省級廣播電臺。

電視事業到了 20 世紀八九十年代有了飛躍性發展。新疆電視臺 1979 年開播彩色電視。1984 年 4 月，新疆電視臺通過電視通信衛星，錄相轉播中央電視臺的當天新聞當天播出，結束了從北京航寄中央臺新聞的歷史。1986 年 7 月 1 日，該臺利用中央電視臺一套節目播出的空檔，租用郵電部米泉地球站，使維、漢語電視節目上星傳輸，成為全國第一家上星的省級電視臺。1997 年 8 月 28 日新疆電視臺通過租用亞太一號衛星，採用數字壓縮技術，實現了維、漢、哈三種語言衛視節目的分頻道播出，結束了三種語言共用一個頻道輪流播出節目的歷史。新疆電視臺的節目不僅覆蓋全疆，而且波及全國和亞太地區。

發展少數民族語言廣播，是解決老少邊窮地區廣播電視覆蓋的重要方面。自 1998 年 9 月國家廣電總局在貴州召開「村村通廣播電視」現場會以來，民

族地區加大了興建廣播電視基礎設施的力度。雲南省起步早,當前基本實現城鄉廣播電視覆蓋網。全省 84%的人口可看到電視。到 1996 年底,145 個邊境縣(旗、市)共有中波調頻廣播轉播臺 170 多座,電視轉播臺 2200 多座。電視發射機 3000 多部,衛星地面站 4000 多座。廣播電視節目在質量上有了顯著提高。

新疆西藏等自治區的廣播電視節目建設已步入快車道。1998 年底,全疆廣播電視人口覆蓋率達到 82.90%和 84.53%。各類電臺、電視臺星羅棋佈,遍布全疆。有的電視片、連續劇、廣播劇在全國廣播電視節目評獎中榮獲大獎。

1997 年,新疆經濟電視臺與湖北經濟電視臺、廣東經濟電視臺、內蒙古經濟電視臺、西安電視二臺,成都經濟電視臺等聯合籌資舉辦全國經濟電視臺1997 年春節文藝晚會」,第一次向全國各族人民展示了經濟電視臺協作體的凝聚力。到 1997 年底,成立已有 5 年的新疆一臺,已形成了全日播出覆蓋半徑145 公里的傳播網。

當前,西藏廣播電視事業也進入了歷史上發展最快的時期。1996 年初,西藏人民廣播電臺推出了以拉薩為中心,覆蓋鄰近郊縣,具有城市電臺特點的高頻立體聲板塊直播節目。每天播出 10 小時,該節目融新聞、專題、服務、知識、教育、欣賞、娛樂、信息為一體,深受廣大藏族同胞的喜愛。30 多篇作品分獲「中國廣播獎」、「中國新聞獎」、「首屆全國藏語節目獎」和「自治區新聞獎」。西藏電視臺全年播出 5975 年小時,比上一年增加了 365 小時,其中《第十一世班禪轉世靈童金瓶掣簽儀式在拉薩舉行》等三個專題片獲中國電視新聞獎、專題類一等獎;《七色風》專欄和譯製片《封神榜》獲第六屆少數民族題材電視藝術「駿馬獎」一等獎。

此外,民族新聞教育、民族新聞學研究以及少數民族新聞工作隊伍,在新時期都有了新成就、新發展,空前壯大。

總之,百年來,我國少數民族新聞傳播事業在經歷了興起、發展、繁榮幾個歷史時期後,形成了一支空前壯大、日益成熟的民族新聞工作隊伍。我國少數民族新聞傳播事業,尤其是新中國成立後,其發展速度是過去無法比擬的,其成就也是前所未有的。展望 21 世紀,我們相信,網絡民族新聞將會崛起,中國少數民族新聞傳播事業更加光輝燦爛!

(原載《國際新聞界》2000 年第 6 期,收入此書有改動)

毛澤東同志與民族新聞事業
——試論我國民族新聞事業的發展

　　毛澤東思想是以毛澤東同志為代表的老一輩無產階級革命家共同創造的寶貴財富。毛澤東新聞思想是毛澤東思想的組成部分。在毛澤東新聞思想的指引下，中國少數民族的新聞與新聞傳播事業有了長足的發展。

　　我國少數民族報業興起於 20 世紀初葉，內蒙古地區的《嬰報》（蒙、漢合璧）、西藏地區的《西藏白話報》（漢、藏文版）、東北地區的《月報》（朝鮮文版）、新疆地區的《伊犁白話報》（漢、維、蒙、滿四種文字出版）等少數民族文字報紙相繼問世。但是，不久民族新聞事業便出現了斷層。最典型的便是我國的藏文報業，從第一張藏文報紙《西藏白話報》銷聲匿跡之後，在我國遼闊的藏族聚集區近半個世紀再沒有興辦藏文報紙。少數民族報業越過低谷，再度發展是在中國共產黨成立之後。1922 年中國共產黨提出實行民族區域自治政策之後，民族報刊和黨的民族文字報刊才逐漸發展起來。此時，最為有名的少數民族文字刊物就是 1925 年 5 月 20 日在北京創刊的《蒙古農民》。該刊由 1923 年冬在北京蒙藏學校〔註 1〕成立的中國共產黨蒙古族第一個黨支部主辦。它是我國少數民族鬥爭史上第一個馬列主義刊物。

　　毛澤東新聞思想的核心是黨報思想。遵義會議之後，從中央到地方的黨組織都重視辦好各級黨報和黨的報刊，發展黨的新聞事業。1938 年《中共中央

〔註 1〕蒙藏學校，全稱「北平蒙藏學校」，又稱「蒙藏學堂」。1913 年創立校址在今北京西單石虎胡同。先後隸屬於蒙藏院和蒙藏委員會。五四時期該校進步學生曾參加當時的反帝愛國運動。中國共產黨成立後，李大釗、鄧中夏等曾到該校傳播馬列主義，開展革命工作，建立蒙古族最早的中國社會主義青年團和共產黨的基層組織。解放後，這裡曾是中央民族學院附中。

關於黨報問題給地方黨的指示》中說：「在今天新的條件下，黨已建立全國性的黨報和雜誌，因此必須糾正過去那種觀念，使每個同志應當重視黨報，讀黨報，討論黨報上的重要論文。黨報正是反映黨的一切政策，今後地方黨部必須將黨報、雜誌上重要負責同志的論文當作是黨的政策和黨的工作方針來研究。」〔註2〕1941 年在《中宣部關於黨的宣傳鼓動工作提綱》中又強調指出：「報紙、刊物、書籍是黨的宣傳鼓動工作最銳利的武器。黨應當充分的利用這些武器。辦報，辦刊物，出書籍應當成為黨的宣傳鼓動工作中最重要的任務。除了中央機關報、機關雜誌及出版機關外，各地方黨應辦地方的出版機關、報紙、雜誌。除了出版馬恩列斯的原著外，應大量出版中級讀物，補助讀物以及各級教科書。應當大量地印刷和發行各種革命的書報。」〔註3〕1944 年毛澤東在陝甘寧邊區文化教育工作座談會上講話指出：「現在高級領導同志，甚至中級領導同志都有一種感覺，沒有報紙便不好辦事。又說，「地方報紙之所以需要，就是因為僅僅有一個解放報、一個群眾報還不夠，他們那裏出一個報紙，反映情況可以更直接、更快些。」「我們地委的同志應該把報紙拿在自己的手裏，作為組織一切工作的武器，反映政治、軍事、經濟，又指導政治、軍事、經濟的一個武器，組織群眾和教育群眾的一個武器。」「有些縣委可以出一個油印報，請一位知識分子負責，定期也好，不定期也好，從編輯到發行，包括寫鋼板一個人就差不多了。」〔註4〕中共中央和毛澤東的指示，是指導黨的新聞事業發展的理論，也是辦好少數民族文字黨報和黨的報刊的綱領性文件。曾任蒙綏政府主席的烏蘭夫同志受中央的派遣，1945 年 10 月專程來到內蒙古開展和領導自治運動並於 1945 年 11 月 25 日至 27 日在張家口召開了有 79 人參加的內蒙古各盟旗代表大會。這次大會成立了內蒙古自治運動聯合會其綱領是為了內蒙古民族的徹底解放，加強蒙漢團結，加強內蒙古各民族之間的團結，反對分裂，反對獨立，實現全國各民族的一律平等，實現少數民族區域自治。聯合會在自治政府成立之前具有政權組織性質，代行政府職權。為了宣傳貫徹聯合會的綱領、路線急需籌辦機關報，傳播信息，以使黨的民族團結、區域自治政策深入人心。因此，烏蘭夫指示綏蒙區黨委，調剛被分配在綏蒙工作

〔註2〕中國社會科學院新聞研究所編：《中國共產黨新聞工作文件彙編》（上），新華出版社 1980 年 12 月版，內部發行。

〔註3〕中國社會科學院新聞研究所編：《中國共產黨新聞工作文件彙編》（上），新華出版社 1980 年 12 月版，內部發行。

〔註4〕《毛澤東新聞工作文選》第 112～113 頁，新華出版社 1983 年 12 月。

的勇夫〔註5〕到張家口組建報社，出版內蒙古地區黨委領導下的統一戰線性質的機關報。這就是創建於 1946 年 3 月 17 日的《內蒙古週報》。它是內蒙古地區第一張黨的報刊，書冊狀，16 開本，每期 20 餘頁，週刊，每一頁上半頁是蒙文，下半頁是漢文。蒙漢兩種文字並排對照印刷出版，有的稿件是由漢文譯成蒙文，蒙文篇幅較之漢文要大些。社址設在張家口市。為落實中共中央和毛澤東的指示精神，辦好黨報和黨的報刊，內蒙古地區黨委在烏蘭夫的領導下就辦好少數民族文字報紙《群眾報》《內蒙古週報》《內蒙古日報》幾張不同時期的報紙，專門做出決定。這些決定規定了辦好這些報紙的方針、政策、辦報宗旨、讀者對象，以及建立通訊員組織等等。更為重要的是對如何辦好少數民族文字報紙也同樣做了具體指示，實行全黨辦報、群眾辦報的路線，以民族特點、地區特點和時代特點吸引廣大少數民族同胞。

　　黨的報刊是黨領導下的統一戰線性質的報紙，不同於黨委機關報即黨報。當時，在內蒙古地區不可能一開始就創辦少數民族文字的黨報，條件尚不成熟。內蒙古地區第一張省級黨報是創刊於 1947 年的《內蒙自治報》（蒙文）。該報面向蒙古族廣大幹部和有一定閱讀能力的蒙漢族同胞。以初級幹部和非文盲農牧民為主要對象，注重政治常識和科學常識的傳播，向讀者進行啟蒙宣傳。該報原是內蒙古自治運動聯合會東蒙分會的機關報。自同年 9 月 1 日起正式成為中共內蒙古黨委機關報。《內蒙古共產黨工作委員會關於內蒙自治報的決定》〔註6〕中曾有過明確說明。決定指出：「內蒙自治報自創刊以來，對於蒙古民族自治事業與人民解放事業，曾努力作了很多工作，今後為了加強與發揮內蒙自治報的作用，使之為內蒙古民族人民的徹底解放作更多的工作。真正服務於革命事業，服務於人民，成為一個蒙古人民的報紙，決定內蒙自治報由內蒙黨委直接領導。」這一決定標誌著該報已完成其歷史性的轉變，成為內蒙古

〔註 5〕勇夫，《內蒙古週報》創始人之一，任報社社長。原名巴圖。1906 年出生於土默特旗。1925 年結束私塾學習到北京投考蒙藏學校，被學校黨組織送往黃埔軍官學校。他在葉劍英的領導下，參加了北伐戰爭。黨的「五大」之後，勇夫與多松年等人接受中共中央北方局的派遣回內蒙工作。由於綏遠地區黨組織遭到破壞，他暫去外蒙隱蔽。1929 年，他在外蒙生活了 9 年之久，並加入了蒙古人民革命黨。他主要從事文化宣傳工作。1937 年冬天，他回到了內蒙參加大青山游擊隊，加入了中國共產黨。在抗日戰爭期間，他做地下工作時，曾使許多青年人和知識分子以及偽蒙軍官加入到抗日的行列。1956 年調離報社，現已病故。

〔註 6〕《內蒙古共產黨工作委員會關於內蒙自治報的決定》，載 1947 年 9 月 1 日《內蒙自治報》。

第一張省級黨報，也是我國少數民族文字報刊中比較早的省級黨報。如果從共產黨能在一個省（自治區）成為執政黨這個意義上講，它就是最早的少數民族文字報刊中省級黨委機關報。其他民族地區，少數民族文字報紙同樣經歷了由黨的報紙到黨報的漸變過程。《西藏日報》創辦初期也是黨的報紙時，黨在西藏的主要任務，是繼續執行關於和平解放西藏辦法的協議，鞏固和擴大反帝愛國統一戰線，增強民族團結，發展西藏建設遵照黨中央的指示，編委會也吸收了若干上層人士參加，從而使社的編委會成了一種特殊的組織形式。具體說來，報社的領導班子由四個方面人員組成：①中央派來的人員；②西藏地方政府方面的，有噶雪·頓珠才仁等人，班禪堪布廳方面的有德夏·頓珠多吉等人；③昌都方面的有勒村普拉；④還有學者，如擦珠·阿旺哈桑、紅舍·索南傑布等人。這個統一戰線形式的編委會持續了一個相當長的時期。

當前，我國少數民族報業，已形成了以黨報為核心的多層次多地區，多種類、多種文字的民族報刊體系。這個體系的形成標誌著我國少數民族新聞事業已進入了繁榮發展的新時期。以黨報為核心，這是由社會主義新聞事業的性質決定的。我國的新聞媒介首先要宣傳黨的路線、方針、政策，反映各族人民群眾的呼聲和願望。黨委第一書記要管報紙，這是我黨的傳統。

目前，我國現有的 80 多家少數民族文字報紙中，自治區（省）地（州、盟、市）和縣委三級黨委機關報就有 50 家，其中自治區（省一級 9 家，地（州、盟、市）一級近 35 家，縣一級有 6 家報紙。作為體系，不僅有個核心，而且圍繞這個核心形成一個輻射狀的報紙網絡。從少數民族文字報紙整體看，有省（區）級報紙、地州盟市一級的報紙，也有縣一級的黨報。從文種和地區上看，內蒙古地區的蒙文報紙、新疆地區的維吾爾文報紙、西藏地區的藏文報紙，更是比較早地形成了以省（區）級黨報為核心的，包括各級黨報和專業報科技報、青少年報等等報紙在內的輻射狀的報紙網絡。這個以黨報為核心的報紙體系，有一個統一的辦報思想。這就是貫徹無產階級的新聞思想，堅持黨的辦報方針，做黨和人民的耳目、喉舌，把宣傳黨的民族平等團結政策，宗教信仰自由政策，民族區域自治政策作為首要任務。

實踐證明，發展民族新聞事業首先要辦好少數民族文字的報紙。什麼是民族新聞事業呢？凡是以少數民族和民族地區的受眾為對象的報紙、期刊、廣播、電視等新聞傳播媒介均應屬於民族新聞事業。這裡既包括民族地區以漢語文為工具的傳播媒介，也包括以少數民族語言文字為工具的傳播媒介，但是毛

澤東同志認為,發展民族新聞事業,首先應當辦好少數民族語言文字的傳播媒介。《西藏日報》創刊前,毛澤東曾就辦一張什麼樣的報紙,於 1955 年 10 月 25 日指示中共西藏工委:「在少數民族地區辦報,首先應辦少數民族文字報紙。西藏與青海不同,不要藏漢兩文合版,要辦藏文報。報紙用什麼名字和怎樣辦好,應同西藏地方商量,由他們決定,我們不要包辦。」

20 世紀 30～40 年代,我國絕大多數少數民族文字報刊已屬於現代報刊。黨報和黨的報刊的出現是歷史性的轉變,這些報刊更具備現代報刊的特點。內蒙古地區、新疆地區、東北地區的少數民族文字報紙版面和欄目逐漸增多,內容日益豐富。重視當地的新聞報導把少數民族關心的事件作為重要內容放在顯著位置發表,對於重要新聞、重大事件配以社論、評論,造成聲勢,形成輿論,注重宣傳效果。這時候,報社領導已意識到輿論陣地的重要。開始向敵對輿論爭奪領導權,努力使自己的報紙成為組織群眾和鼓舞群眾為了自身解放,為了從外國侵略者和本國反動派的奴役下解放出來而勇敢戰鬥的輿論工具。比如當時的《內蒙古週報》、《內蒙自治報》以及其他在黨領導下的少數民族文字報刊與為日本新聞機構控制的《滿綏時報》、偽蒙疆政府的《蒙疆日報》、偽滿時期的《康德新聞》〔註7〕等等報刊,無論從辦報思想、辦報方針、宣傳內容以及報紙性質等等方面都是嚴重對立、迥然不同的,與民營性質的《包頭週報》、《強民日報》〔註8〕也是大相徑庭的,更不同於外國人在我國增內創辦的少數民族文字報紙。

為了辦好少數民族文字報刊,培養和造就一批少數民族新聞工作者的任務,也就歷史地落在中國共產黨人的身上。這也是毛澤東新聞思想的一個重要內容。在中國少數民族文字報刊興起時期,多是政治家辦報,政府官員辦報,真正的報人太少了。到了 30～40 年代,民族文字報刊進入了發展時期。黨的領導機關和報社領導開始自覺地培養少數民族新聞工作者,有意識地吸收和培養少數民族參加民族報刊的辦報活動,為他們創造和提供辦好民族報刊的學習機會,讓他們邊幹邊學邊工作邊提高,在工作實踐中提高業務水平,形成了一支少數民族新聞工作隊伍。少數民族報人隊伍的形成又促進了民族新聞

〔註7〕《康德新聞》,民族地區的漢文報紙。4 開 4 版,鉛印,社址設在烏蘭浩特,該報由「滿洲國」與安省主辦。日本投降後,改為《東蒙新報》。
〔註8〕《包頭週報》、《強民日報》,民族地區的漢文報紙。《包頭週報》,1928 年創刊。16 開,由包頭一些知識分子主辦。《強民日報》創刊於 1938 年春,神址設在五原,內容偏重於社會新聞。兩種報紙均是石印。

事業的發展、繁榮。這支隊伍還為民族地區後來發展起來的廣播電視事業輸送了骨幹力量。也就是說，他們不僅為我國少數民族報業的發展貢獻了自己的才乾和青春，而且也為我國現代化的新聞事業的發展建立了功勳。

新中國成立後，少數民族新聞工作者隊伍日益擴大，數量增多，業務水平也有大幅度提高，產生了少數民族著名的新聞工作者。1954 年 7 月 17 日中共中央政治局通過的《關於改進報紙工作的決議》中明確指出：「各少數民族地區，凡有條件的就應創辦民族文字的報紙。」〔註9〕並強調說：「少數民族地區的報紙，應注意宣傳黨的民族政策，宣傳愛國主義和民族團結，並按照當地的特點適當地進行關於黨在過渡時期的總路線的宣傳。」民族地區各級各類報社全面貫徹執行黨中央和毛澤東同志的指示，「培養出色的編輯和記者」，〔註10〕加強少數民族新聞工作者隊伍建設。造就一批德才兼備的編輯、記者和報社的管理幹部。民族地區各級各類報社充分認識到，沒有一支政治素質和業務素質好的新聞幹部隊伍，無論如何也不能把報紙辦出水平，辦出特色、風格和個性。在這個新的歷史時期，民族地區的各級各類報社在上級黨委的領導下，都採取了許多有效措施培養和造就少數民族新聞工作者。比如報社內部有計劃地加強業務學習，定期評報，提高新聞理論、新聞寫作水平，有計劃地通過函大、電大、職大方式培訓年輕的編採人員；選派、保送業務骨幹脫產進修，包括到黨校新聞班、大專院校新聞專業學習新聞學基礎知識；在報社內部實行以老帶新，以師傅帶徒弟，搞好傳幫帶，有計劃地培養新聞工作的接班人，到外地參觀考察，實行易地採編，取長補短，提高辦報水平。通過職稱評定，考核新聞業務知識，等等措施，提高在職人員的新聞業務素質和政治素質。再者就是從社會上補充新生力量，包括吸收大專院校畢業生和從報紙骨幹通訊員中培養和選拔新聞人才，錄用一批能吃苦肯鑽研、有發展前途的採編人員。由於

〔註 9〕引自《中國新聞年鑒》（1982 年版）第 99 頁，中國社會科學出版社出版發行。
〔註10〕1957 年 7 月毛澤東在《1957 年夏季的形勢》一文中指出：「各省、市、自治區要有自己的馬克思主義理論家、自己的科學家和技術人才、自己的文學家、藝術家和文藝理論家，要有自己的出色的報紙和刊物的編輯和記者。第一書記（其他書記也是一樣）要特別注意報紙和刊物，不要躲避，每人要看五份報紙，五份刊物，以資比較，才好改進自己的報紙和刊物。」1954 年 8 月 8 日中央人民政府委員會第 18 次會議批准的《中華人民共和國民族區域自治實施綱要就已規定，各民族均應使用本民族的語言文字，積極培養民族幹部，大力發展本民族的文化事業。後來在第一部《中華人民共和國憲法》中以法律形式再次規定了：要大力發展少數民族文化事業，培養少數民族文化工作幹部。

採取了多層次、多渠道、多種形式培養和造就新聞人才，目前我國少數民族新聞工作者，從數量和質量上都超過了新中國成立之前，並且產生了一批在全國已有一定影響的少數民族新聞工作者。依靠這支隊伍，我國少數民族新聞事業在新中國成立後才有一個新的質的飛躍。

粉碎「四人幫」之後，少數民族新聞工作者隊伍空前發展和壯大。據統計，全國少數民族地區，省（區）、地（州）、縣三級黨委機關報工作人員近 6000 人，其中編輯人員 4800 人左右。內蒙古、寧夏、新疆、廣西、雲南、青海、西藏等 7 個省（區）的廣播電視系統的採編人員有 6100 多人，約占全國廣播電視系統的採編人員的 1/7。全國少數民族新聞工作者的總數一定大大超過以上這兩個數字之和，較之過去任何一個時期都是空前壯大的，形成了一支精湛的隊伍。當前，他們已籌備成立了自己的組織——全國民族新聞工作者協會和學術團體——中國少數民族新聞研究會，創辦學術刊物《民族新聞》。新時期的少數民族新聞工作者由老中青專業技術人員組成，並湧現了一批著名的新聞工作者和社會知名人士。在老一輩少數民族新聞工作者中，如薩空了、蕭乾、穆青等，馳名中外。

毛澤東和中國共產黨歷來重視發展民族新聞事業。新中國成立後，百廢待興，百業待舉。毛澤東日理萬機，在極其繁忙的情況下，對社會主義新聞事業，尤其是民族新聞事業十分關注。眾所周知，毛澤東除為《人民日報》題寫報名之外，還為省市級報刊題寫了報頭。其中民族地區的有《內蒙古日報》《青海日報》《西藏日報》，並為《新疆日報》兩次題寫報頭。〔註11〕這都表達了毛澤東對辦好民族新聞事業的殷切期望，對民族新聞工作者是巨大鼓舞，增強了他們的信心和力量。毛澤東和黨中央認為，發展民族新聞事業是落實民族區域自

〔註11〕《內蒙古日報》在烏蘭浩特時期的報名，是烏蘭夫題寫的。1950 年 2 月報社負責人在北京徵求烏蘭夫的意見，請毛主席題寫報名。烏蘭夫又通過鄧小平同志幫忙，找到毛主席，請主席在百忙之中為《內蒙古日報》題寫報名。毛主席欣然允諾，並一連題寫了三幅（還有二幅、四幅之說），寄給了報社。報社職工見到毛主席手跡後，歡欣鼓舞。三幅手跡中，有一幅劃了一個圓圈。報社同志認為，如圖的一幅是毛主席最滿意的，於是把這幅手跡製成報頭，一直延用至今。在蒙文版上，還把毛主席題寫的報名製成小報頭，發在一、二、四版的左上角，也延用到今。《青海日報》自 1949 年 12 月 9 日始用毛主席題寫的報頭。《西藏日報》開始從一本魯迅日記中拼湊起來，放大製成報頭。該報創刊 9 年後，即 1965 年始用毛澤東題寫的報頭。《新疆日報》創刊後毛澤東題寫過報頭。1965 年 9 月第二次為《新疆日報》題寫報名，並把「疆」字寫成「畺」字，當年 10 月 1 日啟用。

治政策和民族政策的一個重要方面。我國是在中國共產黨領導下，由 56 個民族組成的社會主義國家。民族團結、民族平等和各民族的共同繁榮，是一個關係到國家命運的重大問題。在抗日戰爭的初期，在黨的綱領裏，黨的決議和黨的領袖的講話中提出了在我國少數民族聚居區實行民族區域自治政策和各民族一律平等的政策。1938 年，在中共六屆六中全會上，毛澤東提出：各少數民族「在共同對日原則下，有自己管理自己事務之權，同時與漢族聯合建立統一的國家。」1941 年，在陝甘寧邊區施政綱領中，明確規定：「依據民族平等原則，實行蒙、回民族與漢族在政治經濟文化上的平等權利，建立蒙、回民族的自治區。」1946 年，在黨中央提出的《和平建國綱領草案》中規定：「在少數民族區域，應承認各民族的平等地位及其自治權。1949 年後，在中國人民政治協商會議制定的《共同綱領》和全國人民代表大會通過的《中華人民共和國憲法》中都明確規定和重申了黨的民族區域自治和各民族一律平等的政策。毛澤東十分關心少數民族的政治經濟、文化生活，經常瞭解少數民族地區的情況。1959 年 4 月 7 日，他在給當時中共中央統戰部副部長、國家民委副主任汪鋒的信中開頭就說：「我想研究一下整個藏族現在的情況。」接著一連提出 13 個問題，然後說：「以上各項問題，請在一星期至兩星期內大略調查一次，以其結果寫成內部新聞告我，並登新華社的《內部參考》。如北京材料少，請分電西藏工委，青海、甘肅、四川、雲南四個省委加以搜集，可以動員新華社駐當地的記者幫助搜集，並給新華總社以長期調查研究藏族情況的任務。」〔註12〕到了 20 世紀 80 年代，各族人民用生動、形象的語言概括出兩句話：「漢族離不開少數民族，少數民族離不開漢族」，這也是在總結我國幾千年各民族發展史的基礎上，概括出來的顛撲不破的真理。根據黨的政策和憲法的規定，少數民族在日常生活、生產勞動、通訊聯繫以及社會交往中，使用自己的語言文字都應受到尊重。在有本民族通用文字的少數民族地區，中小學和高等院校的教學，也都允許和鼓勵使用本民族語言文字。在一些有條件的自治地方，建立使用本民族語言文字的新聞、廣播、出版事業更應當予以支持和重視，這是十分必要的。在我國 55 個少數民族中，有 53 個民族有自己的語言（回、滿兩個民族通用漢語文），21 個少數民族原來有自己的文字，20 世紀 50 年代國家幫助 10 個少數民族創制了文字。據最近資料表明，全國各民族地區採用 17 種民族文字出版了 84 種報紙，發行量達 1.4835 億份，用 11 種民族文字出版了 153

〔註12〕引文見 1984 年《新聞業務》第 1 期。

種雜誌，發行量達 1280 多萬冊。誠如原國家民委副主任伍精華在全國民族語文工作會議〔註13〕上所說，「少數民族使用和發展本民族語言文字的自由得到了尊重和保障。」

　　新時期我國少數民族報業的發展，與解放初期和解放前只有屈指可數的幾種相比較，無疑是令人歡欣鼓舞的，少數民族新聞事業迎來了繁花似錦的春天！

　　　　　（原載《中央民族學院學報》1993 年紀念毛澤東誕辰 100 週年專刊）

〔註13〕全國民族語文工作會議，1991 年 12 月 3 日在北京召開。有關民族文字報刊的
　　　　出版、發行數字均是從這次會議上獲悉的。

第十一輯

少數民族新聞研究又一里程碑——
評介《中國少數民族廣播電視發展史》

　　中國新聞事業產生與發展已有 1200 多年的歷史，而中國少數民族新聞事業從誕生到現在不足百年。中國新聞學的研究以 1918 年北京大學新聞研究會成立為發端至今有 83 年了，而少數民族新聞研究僅始於 20 世紀 80 年代。到目前也只有少許的科研成果，且多在少數民族文字報刊史方面，關於少數民族廣播電視史的研究尚無鴻篇巨製。而林青主編的《中國少數民族廣播電視發展史》（以下簡稱《發展史》）的出版則改變了這一局面。它為中國少數民族新聞研究樹立了又一個里程碑。

　　《發展史》分上中下三篇，分別敘述了中國少數民族廣播的誕生與發展，中國少數民族電視的誕生與發展，中國少數民族電視隊伍建設、技術管理、音像事業報刊出版、文藝表演團體及基本經驗等等。專著全面記錄和展示了在中國共產黨的領導下，我國廣播電視事業認真貫徹落實黨的民族政策的豐富、生動的歷史進程，總結正反兩方面的經驗。這部著作不僅是中國少數民族廣播電視的奠基之作，而且為中國少數民族廣播電視學的創立奠定了重要的理論和實踐基礎。同時也進一步豐富了有中國特色的社會主義廣播電視的理論與實踐。

　　十分明顯，《發展史》具有顯著的學術創新意義。在中國新聞史學界是如此，在廣播電視史領域裏也是如此。據筆者所知，中國廣播史的研究肇始於趙玉明教授的《中國廣播簡史》。這個黃皮小冊子是由吉林省廣播電視學校內部印刷的。此前連載於 1981～1982 年的《北京廣播學院學報》。筆者有幸曾在 1984 年聆聽趙老的講授。歷經三四年在這個小冊子的基礎上，1987 年由廣播

電視出版社出版了《中國現代廣播簡史》。「這部《簡史》是中國歷史上第一部比較系統、全面地記述 1923～1949 年間中國廣播事業發展的專著」。〔註 1〕這部專著的出版，豐富和完善了中國新聞史，為廣大文化戰線、新聞戰線和廣播戰線的工作者和正在從事廣播專業學習的青年學生提供了一部瞭解中國廣播歷史的重要參考書和教材。趙玉明教授是中國廣播史的開山鼻祖。筆者讀的第一本中國電視史，是著名的新聞史學家方漢奇教授的女博士郭鎮之的畢業論文。郭鎮之的《中國電視史》「忠實地記錄了中國電視 30 年的歷史進程，既有一定的定量分析，也有一定的定性分析。史論結合得比較好。對各時期我國電視工作的得失，在充分肯定成績的前提下，也作了實事求是的剖析並結合歷史情況的介紹，闡述了自己的觀點。其中不少真知灼見可供電視領導部門採擇；也有一些可能會有歧義，仍不失為一家之言，具有一定的參考價值」。〔註 2〕這部專著一改「學院氣味」，給人最深的印象就是文字酣暢，清新，活潑生動，一掃枯燥呆板的寫作方法。郭鎮之教授在中國電視史的研究方面走在了前面，她是中國電視史的開拓者之一。

目前，歷史廣播電視學雖然也是一門新興的學科，但是與 20 年前相比，已有了長足的進步，不少專家學者又有了許多新的建樹，出版了不少專著、教材、辭書以及回憶錄等等。然而這其中尚無一部著述涉及少數民族廣播電視事業的研究。《發展史》是第一部從宏觀上對中國少數民族廣播電視進行綜合概括，並有一定深度的史學著作。該書比較系統地探討了少數民族廣播電視的歷史沿革、興起、繁榮的演變規律。對我國少數民族廣播電視的歷史與現狀作了全面的考察，理清了一些史實和發展脈絡，為讀者勾勒出一部豐富多彩的少數民族廣播電視的歷史畫卷。

主編林青高級編輯，北京市新聞工作者協會顧問、中國廣播電視學會史學會研究委員會副主任委員、首都企業家、記者、作家、出版家聯誼會會長。歷時 9 年這部皇皇巨著終於與廣大讀者見面了。9 年間，編委會在林青同志的主持下，披肝瀝膽，徵集資料，擬定大綱，反覆推敲，幾易其稿。其中的甘苦也只有付出艱辛勞動的作者們體會最深。這期間還有三位作者並未看到他們親手鑄就的作品問世就與世長辭了。

〔註 1〕方漢奇：《中國現代廣播簡史序》，載《中國現代廣播簡史》，中國廣播電視出版社 1987 年版。
〔註 2〕方漢奇：《中國電視史序》，載《中國電視史》，中國人民大學出版社 1991 年版。

少數民族新聞學是一門新興學科,未開墾的處女地俯拾皆是。少數民族廣播電視史學就是民族新聞學這塊園地裏的一塊很大的處女地。因此,這裏也就沒有現成的資料可供查閱,沒有前人的理論可供參考,沒有前人的著作可資借鑒。可以講處女地裏孕育著收穫和希望,然而這一切美好的理想是始於披荊斬棘的。

研究少數民族新聞的困難還在於其新聞傳媒多分散在邊遠地區,資料的搜集整理艱難程度遠比想像的要多得多,同時也給調研增加了難度。尤其是還有語言文字的障礙,不消說通曉一兩種民族語文需要付出多少心血,就是你掌握了一兩種語文又怎麼可能通曉幾十種民族語文呢?!又何況有的少數民族,比如景頗族還有一個分支載佤人,而載佤人有自己的文字,並辦有著名的載佤文報紙呢!僅此一點,給學科建設所帶來的困難就可想而知了。

民族地區相對於內地來說經濟文化滯後,作為新聞傳媒的載體及其資料工作相對發展遲緩。尤其是思想缺乏重視,有的史料由於主客觀原因散失較多。更不要說「八年抗戰」和「十年浩劫」等歷史災難所造成的損失了。

少數民族新聞學是中國新聞學的重要組成部分和研究前沿的基礎學科,學科建設十分薄弱。《發展史》作為民族新聞研究的最新成果和少數民族廣播電視研究領域的奠基之作,對促進這一學科的發展有重要的意義。

《發展史》是第一次在全國新聞史學界,尤其是在少數民族新聞史學界樹起了全面、系統地研究我國少數民族廣播電視的大旗。從這個意義上來說,這部著作不僅填補了中國新聞史的空白,而且是構築民族新聞學大廈的第一塊不可或缺的基石。

母庸諱言,作為一部開拓之作不可避免會有一些令人遺憾的缺欠。比如,20世紀90年代的廣播電視發展史已來不及記敍,只好暫付闕如;作為「發展史」未能深入細緻地揭示各個歷史時期廣播電視發展的動力與規律及其內在聯繫,則不如改名為《中國少數民族廣播電視史》;再有就是全書結構應以時間順序的編年體為宜,可使讀者更清晰地瞭解各個歷史時期廣播電視的特點、相互影響的發展脈絡。

瑕不掩瑜,《中國少數民族廣播電視發展史》的出版,仍不失為歷史新聞學百花園中一朵璀璨的鮮花!

(原載《中華新聞報》,2001年7月24日第6版新聞學術欄目)

少數民族地區新聞傳播史的
突破性成果——《西藏新聞傳播史》序〔註1〕

　　周德倉的《西藏新聞傳播史》即將付梓，作者請我寫幾句話，作為同一戰壕的戰友，我當然願意為中國少數民族新聞學的發展繁榮鼓與呼，盡一點微薄之力。

　　我與作者相識於三四年前，他給我的第一印象：一位謙遜和藹的年輕學者。而後，得知他是研究中國西藏新聞史的，加之他從前又是從事寫作學研究的，與我的經歷頗為相似，這一共同學術生涯使我倍感親切，很快我們就成為好朋友。

　　後來，我陸續讀過他撰寫的幾篇論文，並邀請他參加了由我主持的「十五」國家社科基金項目《少數民族語文的新聞事業研究》。為了完成西藏當代新聞事業的調查報告，他兩次去西藏進行調查，他的研究成果有較為深厚的文字功底和學術功底。讀過他的《西藏新聞傳播史》後就更加印證了我最初的印象。

　　定位準確，是這部書的首要特點。《西藏新聞傳播史》「不是一部少數民族新聞的傳播史而是關於西藏地方的『區域新聞發展史』。」作者早在《西藏新聞傳播史的歷史分期問題》一文中就指出，「西藏新聞史」僅僅是一個地域或行政區劃的概念，即所謂「西藏的新聞傳播史」，是指發生在中國西藏地區的新聞傳播活動和歷史，它的時間範疇可確定為從西藏的史前時期至 20 世紀末。而「藏族新聞史」是「關於一個民族的新聞傳播活動的歷史，它所涉及的範圍自然要廣大的多。如有藏族聚居的滇、甘、青、川等省區，尤其是四川和

〔註 1〕《西藏新聞傳播史》由中央民族大學出版社 2005 年出版。

青海省，藏族的新聞傳播活動理所當然地應歸納在「藏族新聞傳播史」的範圍之內，它的容量與發達的程度遠比「西藏新聞傳播史」要大得多。周德倉的這一說法無疑是科學的。我完全贊同作者關於《西藏新聞傳播史》的定位，它是一部「區域新聞傳播史」。該書對於西藏地區新聞傳播現象的全方位的掃描，向廣大讀者展示了這個地區新聞發展的歷史軌跡和規律。但是，需要指出的是，「區域新聞傳播發展史」也往往是少數民族新聞傳播史的一個重要組成部分，尤其是具體到這部書所解讀的內容更是如此。

其次，關於西藏傳播形態、傳播形式及其特點的概括與分析是這部書又一重要內容。西藏新聞傳播獨特的構架和傳播品質，是由地區特點和歷史發展決定的。西藏遠離祖國腹地，自古以來都在高度封閉中自我運轉。到了現代，尤其是新中國成立後，嚴格地說改革開放以來，西藏才建立起來當代傳媒體系。這一傳媒體系是民族區域自治，維護國家統一和民族團結的高度一致為其崇高宗旨的，其廣播、電視和報刊三大新聞傳媒一直堅持「藏語為主、藏漢並舉」的原則，形成了獨特的傳播模式。西藏地區的新聞傳播特點是悠久的歷史文化與開放的當代大眾傳播相互影響、相互推動的結果。這一特點的形成是與西藏文化的特點完全吻合的，它也是西藏文化在當代社會鮮明的民族文化色彩的展現。

第三，歷史分期的創新與突破。全書除總論外，分為上中下三編。上編係西藏古代的信息傳播（原始社會～1907 年《西藏白話報》的創辦）共四章：分別評述了西藏原始的信息傳播現象、吐蕃時期的信息傳播和西藏元明清時期的信息傳播，並對這一時期的信息傳播給予總體評價；中編係西藏近現代的新聞傳播（1907 年《西藏白話報》的創辦～1951 年十八軍創辦的《新聞簡訊》），由西藏郵政傳播的建立、西藏近現代報業、西藏廣播事業的開始和延續以及西藏近現代新聞傳播的基本特點四部分組成；下編係西藏當代新聞傳播（1951 年～2000 年），由西藏當代報業的萌芽、西藏當代新聞傳播事業的確立、西藏新聞傳播事業的初步發展、西藏新聞傳播事業的曲折發展、構建西藏新聞傳播事業的完整格局（上中下）、西藏新聞傳播事業的整體躍升幾部分組成。

從以上敘述，可知作者已突破了政治歷史劃分章節的傳統，而是以西藏地區新聞傳播活動本身發展和客觀規律確定古代、近代、和現代與當代各個歷史時期。各個歷史時期中的具體階段也是依照這個原則規定的。比如西藏當代新聞傳播始於 1951 年即把十八軍在進軍途中創辦的油印報刊《新聞簡訊》作為

起點，其中分為確立期（1951～1959）、初步發展期（1959～1966）、曲折發展期（1966～1976）、完整期（1976～1994）、躍升期（1995～2000）。這樣劃分歷史時期、歷史階段，是由於作者對西藏新聞傳播活動、新聞傳播事業實地考察和深入研究的結果，是有堅實的史料基礎作為提出自己觀點的依據的，儘管在某些方面可能會引起爭議，但這種與時俱進的開創精神是十分寶貴的。

第四，史論結合，論從史出。這是這一著作的又一重要特點。既有縱向敘述，即「史」的梳理，廓清西藏新聞傳播發展的歷史軌跡，又有橫向的論述，即專設幾個專題，對西藏新聞對外傳播、西藏新聞教育、西藏藏文傳媒形態、西藏的電影傳播和新聞援藏等領域作為「類編」，進行歷史敘述和歷史分析，與縱向的歷史敘述相為映照，使這一地區的新聞傳播特點更為突出。這一寫史方法是傳統的延續，又是對傳統的突破，「史」「論」結合既貫穿於縱的敘述，又運用於橫的記述。這一寫法提高了這部著作的理論深度和思想內涵。

《西藏新聞傳播史》的出版，不僅具有學術價值和理論意義，而且具有重要的現實意義。西部大開發的號角吹響之後，社會各界積極響應。作者抓住這個歷史性機遇，對西藏新聞傳播事業做深入研究，特別是對實施西部大開發戰略以來西藏新聞事業的發展也認真地研究和評述，如在西藏實施「村村通工程」、「西新工程」、「三區工程」（新疆、西藏、內蒙古等少數民族地區）、西藏自治區「大慶工程」等重大工程建設、廣播事業建設取得歷史性成就，等等。這對繼續落實西部大開發戰略，為民族地區新聞傳播適應市場經濟發展提供了新的經驗。

《西藏新聞傳播史》是一部填補空白的拓荒之作，也正因為如此，很可能「成功」與「疏漏」並存。雖然書中「疏漏」、「遺憾」、甚至「錯誤」（包括我的這篇「序」中的某些錯誤）可能會受非議，會引起爭論。但這種爭論可以促進學術發展，是好事。我相信本書的作者一定歡迎來自各位專家、學者和廣大讀者的批評的。因為這會促使我國少數民族新聞傳播學的發展和繁榮。我相信，本書作者所說的「歷史的文本將要和歷史本身一樣接受檢驗，經受提煉陶冶」，是由衷的，是誠懇的。

是為序。

2005 年元旦於中央民族大學

讀《細說中華民族》[註1]

　　顧名思義，這是一部關於講述中華民族文化和歷史的著作。該書以中華56個民族的神話，傳說，故事等為主要內容，翔實生動地講述了中華民族的起源，流變與發展，雖然只著重介紹了30多個民族的風土人情，但是從中能夠瞭解中華民族的文化和歷史發展的全貌。中華民族的形成和發展經歷一個長達數千年的演變過程，這個過程，就是聚居在中國廣茅的土地上的各族先民不斷匯聚、融合、分組、組合、再分解、再組合、一代代循環往復的過程。《細說中華民族》就是講述中華民族形成和發展歷程的著作，但它不是學術著作，它是以歷史發展的脈絡為線索，以類型故事為主幹，描繪這一發展軌跡的，融知識性和趣味性為一體，有極強的可讀性，可使讀者在潛移默化中享受中華民族成長的文化歷史知識。這部著作可謂講述中華民族文化與歷史發展歷程的濃縮版。

　　所謂「細說」並非「戲說」。全書共分為五卷：大荒歲月、英雄時代、問世傳奇、史海擷貝和風俗漫畫。大荒歲月主要以各個民族的創世史及人類起源神話為主，分別介紹了漢、藏、哈薩克等20多個民族流轉下來的動人神話。這個時候宇宙洪荒，混沌初開，「神」給人類帶來了光明，帶來了永恆的福祉，並昭示讀者，這是文明的初期，生產和生活尚不發達。隨後，過渡到英雄人物帶領各族先民們走出苦難，即英雄時代。

　　第二卷是英雄時代。主要以各民族流傳下來的民族英雄史詩內容為主，分別介紹了漢、蒙古、柯爾克孜等民族英雄人物及其神話故事。這是一個神、人並起的時代。在我國史書中黃帝被推崇為中華民族的祖先，也有反對這一說法的。黃帝大戰蚩尤的神話傳說，說明了氏族社會時期，部族之間的矛盾激烈。從商周到春秋戰國，各部族之間的聯繫和交往更密切。此間，以夏、商、周等

〔註1〕載伯龍：《細說中華民族》中國三峽出版社2006年版，這是為其寫的序。

部族為主，吸收了羌、戎、狄、苗、蠻等部族的成分，中華民族最早的凝聚中心——華夏民族演化而成了。漢族是我國古代的華夏族同許多其他民族逐漸融合形成的，漢代始稱漢族。

第三卷是問世傳奇。主要介紹了各民族較為重要的民間故事，包括愛情故事、寓言故事、動物故事等等。這些故事充滿神異情節，代表了各民族人們對未來生活的美好嚮往。愛情是一個永恆的主題。沒有愛情，中華民族不可能繁衍生息。作為中華民族的主體，漢族是各種混血融合而成的「雜種」，其他也並非單純的一元非混血的民族。總之，生活在這片土地上的原先分散的各族先民們在不斷匯聚、融合的過程中，逐步形成了有統一行政建制，有其共同經濟生活及共同文化心理素質，基本上由同一人種組成的民族集合體，即中華民族。

第四卷是史海擷貝。大多是以各民族歷史上一些較為著名的歷史人物故事為主，雖然有歷史演義的性質，但依然具有歷史的真實。魏晉南北朝至隋朝時期，邊疆各族像中原匯聚，氏族遷徙與融合達到了前所未有的規模。匈奴、鮮卑、羯、氐、羌等族在中原及其周圍建立政權，其政治體制和道德觀念都依據中原文化傳統與制度。「中華」不拘泥於漢族，同時也是其他各個民族推動發展的一個統一的文化實體，成為一個內涵豐富的概念，並已在歷史典籍中運用。隋唐兩代結束了我國三百多年的大動亂，重新走上了統一，各民族之間的政治、經濟、文化的聯繫較之以往任何一個時期都有所加強和發展。入主中原的北方民族作為中華民族的一員，已可居正統地位，繼承發揚中華傳統文化。

第五卷是風俗漫畫。中華民族文化歷史悠久，風俗源遠流長。從三皇五帝到於今，已有上下五千年連綿不斷的歷史。中華民族在歷史發展中，是在民族的融合和同化中，形成了豐富多彩的良風美俗。而在這裡，各民族的風物傳統佔了很大比重，同時也兼及關於一些節日來歷的傳統故事。借助風俗這面鏡子，看一看中華民族的風姿、風貌、風韻，並從這一側面探索和進一步瞭解古老而文明的中華民族生活軌跡。

總之，這是一部以生動形象的語言，選取情節曲折引人的故事典型，向讀者展示中華民族文化和歷史全貌的通俗讀物。

我祝賀《細說中華民族》的出版，感謝中國三峽出版社為廣大讀者提供了傳承中華民族優秀文化的精神食糧！

中央民族大學文學與新聞傳播學院教授、碩士生導師白潤生

2006 年 6 月 8 日於中央民族大學

《新聞報導中的
西北民族問題研究》序 [註1]

　　我國少數民族研究始於 20 世紀 80 年代中葉，進入 90 年代後獲得初步發展。雖然有了相對較為豐富的成果問世，但從整體上看來，我國少數民族新聞傳播研究仍然屬於初創時期。說是「初創時期」的理由是民族新聞傳播學的成果尚缺乏理論深度，一般停留在經驗介紹、資料積累、就事論事的水平上，缺乏對其理論化、系統化的把握。這是其一。其二，研究領域尚不夠寬泛，除少數民族新聞傳播史論的研究成果較為充實外，其他領域如新聞實務的專著幾乎處於「空白」。我手頭有馬樹勳先生編輯的一本《民族地區採訪經驗談》（內蒙古大學出版社，1990 年版），這可能是這個時期唯一的研究成果。但這一成果「收集的大都是在新聞界有影響、有成就的新聞工作者的經驗談」。雖然「經驗是極其寶貴的」，「此前還沒有一本這方面的集子」，但它畢竟不是新聞實務領域中一部理論著作。

　　令人高興的是擺在讀者面前的這部專著《新聞報導中的西北民族問題研究》，從一個側面填補了這一空白。

　　這部著作除附錄外共分 10 章 35 節，約計三十萬字。主要探討了我國新聞報導中如何正確處理民族問題，從少數民族新聞傳播的視角，指出了民族新聞報導的內在規律、傳播特點和「規避」法則，為民族工作者提供了一些可借鑒的理論和方法。據我現在掌握的資料，這部著作是以馬克思主義的民族觀和新聞觀研究我國少數民族新聞採寫理論的第一部專著，具有一定的學術價值。

〔註 1〕牛麗紅：《新聞報導中的西北民族問題研究》，民族出版社 2007 年版。

　　這部著作不僅有學術價值，而且有較強的現實指導意義。作者以翔實的實證資料，論證了西北地區的文化特徵、經濟特征和新聞傳播特徵，剖析了少數新聞出版單位違反黨的民族、宗教政策，傷害少數民族感情的事件，並分析了發生這些問題的根源，從而為民族新聞教育和少數民族新聞工作者及有關部門提供了預防和處理這些問題的實踐和決策依據。

　　另外，作者以西北地區蒙古、藏、維吾爾、哈薩克、回、裕固、東鄉、保安等民族為重點，挖掘其地域、文化、經濟、宗教風俗習慣及其差異性在新聞採訪報導中的特殊規律。從政治、經濟、文化、風俗、民族關係等方面，論證了新聞報導在這諸多層面上的宣傳原則、報導方法和平衡規律，同時對新聞傳媒在促進民族地區經濟發展、文化建設、構建和諧社會方面做了有益的探討。

　　我與作者牛麗紅副教授相識於 2006 年 10 月西北民族大學舉辦的「大眾傳播與少數民族社會發展」學術研討會。在這次研討會上，她宣讀的論文就是這部著作的濃縮版，當時給我留下了深刻的印象。牛老師在新聞媒介工作多年，在採訪報導中遇到了較多的敏感而棘手的問題，使她不知該如何處理。2003 年轉入高等院校後，她有時間冷靜下來深入思考當年遇到的問題。「新聞報導中西北民族問題研究」成為她科研的首選課題。選題來源於實踐，在教學科研中探討、提煉，使之上升為理論，成為指導實踐的一般規律。我想，令人欣慰的莫過於科研成果社會效益的日益顯著了。在會議期間，她請求我為本書寫序，可謂盛情難卻，這樣我寫了以上幾句話。

　　熱烈祝賀牛麗紅老師的這一專著問世，感謝她為少數民族新聞傳播研究所做的貢獻！並預祝她在這條道路上取得更輝煌的成績！

白潤生

丁亥春分子時於京城昆玉河畔

少數民族新聞傳播研究的新領域
——讀《存異求同——多元文化主義與原住民媒體》[註1]

　　趙麗芳老師的專著《存異求同——多元文化主義與原住民媒體》以美國、加拿大、澳大利亞、新西蘭等國原住民為研究對象，從多元主義文化的視角，探討了原住民媒體的歷史與現狀。作者明確指出，「不同文化的族群團體應該建立一個平等的和互相尊重的社會，以避免激烈的族群紛爭。」通過媒體平等、有效地的傳播維護原住民的話語權，消除對原住民臉譜化與現實脫節的形象報導，落實聯合國教科文組織第 33 屆大會通過的《保護文化內容和藝術表現形式多樣化公約》，創造一個多彩的世界，維護和傳承人類的共同遺產。美國、加拿大、澳大利亞、新西蘭等國家的原住民，顯然並非這幾個國家的主體民族（族群），他們相當於我國的少數民族。對原住民媒體的研究，在我看來就是對少數民族媒體的研究。因此，我認為作者這一專著把少數民族新聞傳播學的研究從國內延伸到了國外，擴大了少數民族新聞傳播學的研究視野，開拓了一個新的領域。

　　《存異求同——多元文化主義與原住民媒體》一書具有重要的學術價值。

　　第一、它是我國第一部研究原住民及其媒體的專著，填補了學術空白。

　　我曾寫過一篇文章《關於少數民族新聞研究的若干問題》[註2]，其中提

〔註 1〕此文係《存異求同——多元文化與原住民媒體》書序，該書由中國廣播電視出版社 2008 年出版。此文曾在菲律賓 2011 年《世界日報》上發表。

〔註 2〕《關於少數民族新聞研究的若干問題》，載鄭保衛主編：《新聞教學與探究》（2010 年刊），經濟日報出版社 2011 年版。

到「20世紀90年代以來，少數民族新聞研究成果逐漸增多，佔領了更大的研究空間，內容也更加豐富。」在講到少數民族傳播學著作時舉出三部作品：張宇丹的《傳播與民族發展——雲南少數民族地區與社會發展關係研究》（新華出版社2000）、益西拉姆的《中國西北地區少數民族大眾傳播與民族文化》（蘭州大學出版社 2002）和阿斯買·尼亞玫的《新聞傳播與少數民族受眾——現代傳播行為與邊疆少數民族傳統文化觀念的衝突與調適》（新疆大學出版社2006）。這三部著作無疑是少數民族傳播學的開拓之作，並且成功地運用問卷調查和實地考察的方法，以及生動的個案分析，使其結論更科學、更可靠，為傳播學的「本土化」進行了有益探索。雖然，同樣是在全球化的浪潮和信息傳播的更方便快捷的大背景下的研究成果，但是他們的研究還是局限在中國境內的少數民族文化面臨漢文化的衝擊所經歷的嬗變與轉型，不像趙麗芳副教授的專著視野開闊——從多元文化主義的角度探討不同國家、不同地區的原住民媒體的功能與作用，詳盡論證其存在的合理性。觀點之新穎更令人歎服：

多元觀念的基本前提是差異的存在，及承認這種差異；同時意識到：所有這些差異不能通過簡單或強制的方式加以消除，而必須在平等、民主的原則下共同存在，進而尋求相互間利益、思想和價值觀念的最大公約數。一個多元而又能同一的國家或社會正是基於此才能形成和維持下去，安全與發展也才有可能。

存異並求同，這就是民族國家建構的基本要求與最終目的。

不難看出，這部著作在拓寬少數民族傳播學視野與空間方面較之前三部著作又有新貢獻。

第二，認真梳理了美國、加拿大、澳大利亞、新西蘭等國家原住民及其媒體浩如煙海的資料。作者在梳理和研究這些資料的過程中提出了這個論題的獨到見解，形成了完整、系統和科學的體系，為「世界讀懂中國，中國讀懂世界」架起了一座橋樑。在世界範圍內，為消除種族歧視，實現民族平等，構建人類文明、和平發展、繁榮進步，提出了學術佐證。誠如哈貝馬斯所說的：「每個人都應得到平等的尊重，每個人，就其作為一個人，具有同等的價值，謹記這一點無疑是更為有益的。」〔註3〕

〔註3〕〔德〕尤爾根·哈貝馬斯：《再論理論與實踐——訪華演講錄》，薛巍、李瑾、朱霖譯，http://www.chinege-ongljz/002572.htm，華東師範大學中國現代思想文化研究所，2008年上網。

　　我與趙麗芳老師一同供職於中央民族大學文學與新聞傳播學院。她於
2001 年從北京廣播學院（現名中國傳媒大學）碩士研究生畢業之後，就職於
高等院校，從事新聞傳播學的教學與研究。眾所周知，中央民族大學是以人文
科學、社會科學為主幹，以民族學科為特色的綜合性大學。民族學、民族語文、
民族歷史等學科的教學與研究在國內外享有盛譽，知名度很高。她很快就意識
到這個優勢是其他高校和研究機構所不具備的。在培養少數民族人才的院校，
教師不把教學和研究的重點放在少數民族新聞傳播學上，將會辜負來自民族
地區的各族學子的心願。她曾對我說過，在民族大學進行教學，不把研究方向
調整到少數民族新聞傳播學的座標上，是脫離實際、脫離現實的，自己也是沒
有學術前途的。她要把學術研究與培養少數民族新聞傳播學人才緊密結合起
來。我沒有想到，兩三年內，她就兌現了自己的諾言——一部具有開拓性的科
研成果面世啦！我佩服他思維之敏捷、學術功底之深厚、科研能力之強勁。這
部著作的出版更加深了我這樣一個印象：她是一位很有發展前途的年輕學者。
　　我祝願趙麗芳老師不斷攻關莫畏難，與時俱進永爭先！

白潤生 2008.8.22

於昆玉河畔

《少數民族地區電視傳播效果研究
——以西藏、新疆地區為例》序[註1]

　　2011 年 7 月 21 日，正在美國紐約大學做訪問學者的王斌老師將他與陳銳的新作《我國少數民族地區電視傳播效果研究——以西藏、新疆地區為例》通過電子郵件發給了我，請我作序。

　　僅看過題目，我就對此題目充滿了興趣，因為據我所知研究少數民族廣播電視的著作不多。其中，2000 年由北京廣播學院出版社出版的《中國少數民族廣播電視發展史》，是我國少數民族廣播電視史學研究的奠基之作。而從傳播學視角研究少數民族電視的著作，主要有郭建斌的《獨鄉電視：大眾傳媒與少數民族鄉村日常生活》、李春霞的《電視與中國彝民生活——對一個彝族社區電視與生活關係的跨學科研究》等少數著作，還有姚玉琴的一部內部研究報告——《鄂溫克人與電視》。現在，研究少數民族廣播電視的隊伍又加入了生力軍，這是一件令人高興的事。

　　讀罷此書，更感欣慰，書中觀點至少有如下幾點值得肯定：

　　一、如前所述，這一成果選題新穎，有較大的研究空間。

　　尤其可貴的是，作者是帶著需要解決的問題從事調查研究的。眾所周知，自從國家實施「村村通」和「西新工程」以來，民族地區的覆蓋率大幅度提高。但「覆蓋率」是否就等同於「傳播效果」呢？覆蓋率提高之後，電視節目是否被無障礙的接受呢？電視的出現是否促進了民族間的相互理解？如何更好地發揮電視媒體在民族團結中的作用？等等。有問題就要解決問題，這是一種追

〔註 1〕王斌、陳銳：《少數民族地區傳播效果研究——以西藏、新疆地區為例》，中國廣播電視出版社 2012 年版。

求真理的精神。這種精神在王斌等年輕一代學者的身上綻放，使我們看到了中國學界的未來和希望。

另外，王斌等人率領的調研團隊是在西藏「3‧14」和新疆「7‧5」事件之後，對這兩個地區傳播效果研究，這種來自基層、來自藏族和維吾爾族心聲的調研成果，其現實針對性和學術價值不言自明——這正是我們所提倡的紮紮實實做學問的一種精神。

二、雖有借鑒，更多的是創新，洋溢著濃鬱的學術氣息。

「沒有調查就沒有發言權」，這是毛澤東同志的一句名言；調查研究是我們一貫倡導的實事求是的作風。政治調研、經濟調研、學術調研，此前早有不少人實踐過，就是到民族地區調研也絕不是自此始。因此借鑒前人的理論和方法是肯定的。王斌等人不僅借鑒前輩到民族地區調研的經驗，更主要是借鑒儕輩的研究成果。他們認為，復旦大學新聞學博士郭建斌的《獨鄉電視：現代傳媒與少數民族鄉村日常生活》是一部開以「民族志」方法研究少數民族電視之先河的著作。他們借鑒郭建斌博士的成功經驗，並在「拿來」的同時有所創新。

通讀全文，王斌的團隊在此次調研中新意迭出，成果豐碩。

首先，作者們闢出專節探討費孝通倡導的「民族志」調研法在少數民族電視傳播效果研究中運用的意義、局限以及如何為我所用。他們認為「民族志」的優點在於調查者是通過自己的眼睛去觀察現狀，發現問題並解決問題的，研究成果真實可信，準確科學。而其「遍查」的概念和操作方法提供了多個視角與廣闊視野，增加其研究廣度及深度。但是他們發現這一方法與研究少數民族廣電發展規律和特點相悖。因而，他們清醒地認識到可以運用它，但必須改進。他們決定：一是把質化和量化研究結合起來；二是注重個案分析，探討其中的普遍意義和一般規律。作者對民族志調研方法的修正，保證了這一課題所得結論的正確性、客觀性和科學性。

其次，在對調研方法理性認識的基礎上，王斌的團隊制定自己的調研原則與獲取第一手資料的具體做法：

本著「深入研究，杜絕籠統」的原則，以西藏、新疆的藏族和維吾爾族同胞為對象，採取定量和定性分析相結合的方法，對少數民族地區電視的傳播效果進行準確而全面的解析。在這一原則指導下，他們認真實踐費老的「田野調查」，在長達 4 個月的時間內走訪了西藏、新疆共計 13 個地市的 20 多個地區，其中有市中心、城鄉結合部及廣大農村，採訪對象包括自治區、縣、鄉政府以

及廣電部門負責人、村幹部、村民領袖、普通村民、教師等共 50 多人。他們採用三級抽樣法確定採訪對象，再由訪問員上門調查，最終在西藏、新疆兩地共回收有效問卷 589 份，保證了足夠的樣本量，保證其定量定性分析所得結論的科學性。這一與眾不同的做法，給我留下深刻印象。

三、我所欣賞的，也是寫的精彩的一章即上篇第六章。這章的標題是《「內容」覆蓋——提升電視媒體在西新地區的影響力的關鍵詞》。誠如作者所說「要有更多更好的少數民族節目內容，同時在消滅仍然存在的，並防止已覆蓋地區返盲。」才是解決少數民族電視傳播瓶頸問題的關鍵。前邊我已說過，他們是帶著需要解決的問題調研的，經過調研獲取了大量生動的第一手資料，該如何解決問題呢？作者在這一章裏把自己的建議與設想和盤托出：「應借鑒西方廣播電視政府主導下的國有公共體制……建設由中國特色的民族電視節目製播體系」「從民族團結和社會和諧的大局出發，少數民族語言節目的製播經費應該由國家和地方各級政府撥款，對所有少數民族節目實行政府採購，同時在採購價格上引入『電視節目欣賞指數指標』……」這一設想非常大膽、新穎，但是它們不是空中樓閣而是對新疆、西藏兩個自治區內少數民族同胞認真調研所得結論。這一建議是給有關部門提供決策依據的一份厚禮，具有可操作性。

四、在寫作方法上特點也較突出，比如篇章結構合理，邏輯性強，尤其是每章前的導讀特色鮮明，有引人入勝之功效。我更加讚賞是附錄收集了與「村村通」、「西新工程」密切相關的政策文件和領導講話，為讀者提供了背景資料。在我看來，這些資料十分珍貴，不僅是背景材料，更是成功寫作這部著作的基礎。

我衷心祝賀《我國少數民族地區電視傳播效果研究》的出版，並預祝這批年輕學者有更多的科研成果貢獻給社會。

白潤生

2011 年 8 月 5 日子時二伏盛夏於北京

少數民族新聞傳播學科建設的
新收穫——讀王曉英老師的
《民族新聞傳播簡論》[註1]

　　王曉英老師的《民族新聞傳播簡論》（下簡稱《簡論》）是一部開創性的著作，對少數民族新聞傳播學學科建設具有重要意義。

　　當前，我國少數民族新聞傳播學學科正朝著獨立學科的目標前進。回顧近30年的發展歷程，中央民族大學新聞專業歷盡艱辛。1984年，中央民族大學創立新聞學本科專業。1989年始招當代民族報刊研究方向碩士研究生。2000年獲得新聞學二級學科碩士學位授予權。新聞專業自創立以來，始終把學科建設與人才培養緊密結合起來，在教學工作中體現在對有關課程教學內容的改革與增新方面，特別是新聞學基礎理論類的課程，確定了少數民族新聞學研究這一主要方向，以形成中央民族大學學科特色。中國少數民族新聞傳播史的研究成果就是這個學科建設上的一大收穫，成為少數民族新聞傳播理論建設的排頭兵。這一學術現象，有其深刻的時代背景和諸多社會、經濟、文化原因。視野開闊、豐富的理論內涵、著眼於構建學科體系，是這一時期史學研究的總體特色。其他諸如體現民族性、資料翔實、客觀地總結各個時期新聞傳播特點，被讀者譽為「和諧新聞教育讀本」等特色，在學界引起廣泛的影響。

　　很明顯，我們越是肯定史學成果的豐富與創新，越發覺得少數民族新聞傳播學在學科建設上存在較大的缺憾，即少數民族新聞理論的研究相對滯後，難道

〔註1〕此文係《民族新聞傳播簡論》書序，《民族新聞傳播簡論》，中國廣播電視出版社2013年版。

當年確定的少數民族新聞學科研究這一主要方向，專指「史」而偏廢「論」麻！

少數民族新聞學與新聞學一樣，分為少數民族歷史新聞學、少數民族理論新聞學、少數民族應用新聞學。查看首屆研究生教學方案，不難發現其中不僅有「史學」課程，也有「理論」課程，當時的「論」，稱之為「民族新聞研究」〔註2〕。我記得是由從新疆調入我校的劉源清主任編輯講授這門課程。

2004 年增設廣告學本科專業。中央民大新聞傳播學專業師資力量增強，學科建設的硬件條件明顯改善。借助中央民族大學民族學、民族語文、民族歷史等學科的優勢，為研究生先後開設了「中國少數民族新聞傳播史」、「中國少數民族新聞學概論」、「民族攝影學」、「中國少數民族新聞業務研究」、「影視民族學」等課程。這其中的「中國少數民族新聞學概論」主要探討和研究民族新聞學的基礎理論，講授民族新聞研究對象、民族新聞的地位、民族新聞的共性、民族新聞的內容和重點、民族新聞等幾個基本問題、民族新聞寫作特點、民族新聞事業概況（包括報紙、廣播、電視等），少數民族語文新聞媒介的特點與發展、民族新聞改革開放中的實踐、民族新聞工作專業人員的培養等幾個問題。內容之豐富、理論之提升、無疑超過了當年「少數民族新聞研究」。這個課程由原《民族團結》雜誌社副主編，後任中央民族大學副校長的張儒老師擔任。他講課的特點是理論與實踐結合，觀點與材料統一，贏得了學生的讚譽。

劉源清、張儒老師在構架少數民族新聞理論基本框架方面付出了艱苦的努力，但是他們唯一的缺憾就是沒有形成文字，沒有把他們的教學成果以「專著」的形式呈現在讀者面前。王曉英老師在為研究生講授《民族新聞專題研究》這門專業選修課的基礎上，成就了一部少數民族新聞傳播理論的專著《民族新聞傳播簡論》。從某種意義上來說，填補了一項學術空白。

誠然，《民族新聞傳播簡論》並不是第一部少數民族新聞傳播理論著作。此前白克儉、蒙應撰寫的《民族新聞學導論》，於 1997 年由廣西師範大學出版社出版，比王曉英的《簡論》早了 15 年。該書以馬克思主義新聞學原理及黨的民族政策為指導，闡述我國少數民族新聞學的起源、發展現狀及其傳播規律，並從理論與實踐結合的高度論述民族地區報紙的辦報方針、根本任務、特點，對民族新聞採編、副刊、時事報導、廣告經營、民族地區新聞隊伍建設、民族地區黨委如何加強對機關報領導等問題進行了有益的探討，填補了民族

〔註 2〕關於「民族新聞研究」課程的基本內容，參見《新聞事業與民族新聞教育》一文，原載《民族教育研究》，1991 年第 3 期總第 8 期。

新聞研究領域的一項空白。其主要特點是開創性、系統性和實踐性。但是由於兩位作者均來自業界,從媒體的實踐出發總結經驗,缺乏理論上的抽象概括,王曉英老師恰恰彌補了這一缺憾,從理論上昇華,理論色彩顯著。

《簡論》共八章,第一章引論,由民族新聞傳播的歷史源遠流長、民族新聞傳播研究的興起與發展,中國民族問題的新形勢迫切需要民族新聞傳播學等 3 節組成;第二章關於民族新聞概念的探討,由民族新聞概念的提出及其引發的爭論,對已有民族新聞定義的評析,關於民族新聞中「民族特殊性」的問題,「民族新聞」與「少數民族新聞」等 4 節組成;第三章民族新聞的特徵,由民族新聞特徵的含義、民族新聞的內容特徵、民族新聞的形成特徵等 3 節組成;第四章民族新聞的功能與價值,由民族新聞功能與價值的概念及其關係,民族新聞價值判斷的特殊性等 2 節組成;第五章民族新聞報導的規範,由民族新聞報導規範的首要原則是民族平等、我國民族新聞報導規範的相關規定及主要內容等 2 節組成;第六章民族新聞理論的建構,由民族新聞理論的基本構成、民族新聞理論的層次與建構、民族新聞理論的學科定位等 3 節組成;第七章民族新聞事實研究與民族新聞理論研究,由民族新聞理論萌芽、民族新聞事實與民族新聞理論研究的互動關係、我國少數民族新聞事實研究與民族新聞理論研究 4 節組成;第八章民族新聞傳播教育,由我國新聞傳播教育的產生與發展、民族問題的新變化迫切需要加強民族新聞傳播教育、正確認識民族新聞傳播教育的民族化特色問題等 3 節組成。最後附有《我國西北地區民族院校新聞傳播教育調研報告（2011）》《1992～2012 年中央民族大學民族新聞學方向主要碩士學位論文目錄（不含在職研究生）》。《簡論》的章節目錄脈絡新、思路新、構架也新,可謂耳目一新。這是一部以馬克思主義新聞學原理和民族理論為指導的系統研究少數民族新聞理論的著作。理論框架是全新的、資料翔實而新穎,有不少概念也是首次提出來的。《簡論》的問世,變一條腿走路為兩條腿走路,「史」「論」並進,為少數民族新聞傳播學學科建設找到了新的支撐點。

《簡論》是中央民族大學新聞傳播學專業在 2010 年獲得一級學科碩士學位授予權之後取得的科研成果。從 2008 年起,新聞傳播學學科進入中央民族大學「211」和「985 工程」建設行列。遵循「主流、特色、前沿、可持續發展」的原則,在人才培養、隊伍建設、科研成果、社會服務以及國際交流與合作等方面都取得了新進展。王曉英的《簡論》也是這「新進展」中的一項成果。

　　在祝賀《民族新聞傳播簡論》問世的同時，在實現少數民族新聞傳播學學科建設跨越式發展的同時，我們也應該指出，正因為《簡論》是全新的，不可避免地具有嘗試性和探索性，有的觀點有待提升，有些論據有待充實，甚至有的文字表達有待斟酌。我們希望廣大讀者，各位同仁，為了少數民族新聞傳播學的發展，不吝賜教！

　　　　　　　　　　　　　　　　　　　　　　　　　　白潤生

　　　　　　　　　2012 年 12 月 10 日，12 月 24 日修改於北京

少數民族地區報業：何以加快發展？
——簡評團結報社社長劉世樹新作
《走向輝煌》[註1]

　　團結報社社長、總編輯劉世樹和同事合著的新書《走向輝煌——新時期中國民族市州報發展謀略初探》。該書有一個突出主旨，也就是副標題所表明的——「新時期中國民族市州報發展謀略」。這是一個業界學界普遍關注的課題，極為吸引讀者的眼球。

　　改革開放以來，中國少數民族地區如沐春風，報業有了較快發展。但與非民族地區報紙相比仍有很大差距。本書的問世，就是試圖研究如何縮小差距，締造歷史傳奇，這對少數民族地區報業乃至地區的發展都十分有意義。

　　通讀全書，總結本書的特點有以下幾點：

　　一、論述完整，視野開闊。由第一章的基本情況的介紹，第二章目標的設立，再到第三章戰略策劃，以及後面的加快市場化進程，都提醒少數民族報人需要注意的地方。同時，該書還對報業經營發展做出系統的分析和研究，並提出了新的思考。但作者們並沒有就事論事，將寫作止步於此。而是運用媒介生態學的理論，從中國民族報業發展的國際國內形勢著手來探討少數民族地區報業發展相關問題。

　　二、理論和實際相結合。由於作者們長期在報社擔任管理工作，作者劉世樹本人又是少數民族，在實際工作中充分瞭解和體會到少數民族地州盟報發

[註1]《走向輝煌——新時期中國民族市州報發展試圖初探》，湖南文藝出版社 2011 年版。

展的實際問題。在此基礎上，作者運用傳播學、新聞學和管理學等相關學科理論。理論與實際相結合，並就報業發展中各種現實問題提出具有可行性的解決辦法，確保其研究的科學性、有效性和可操作性。

三、與時俱進。《走向輝煌》在新時期中國媒體變革的大背景下，對少數民族報業未來發展進行了深入思考。首先，要分階段、分步驟、有計劃的加快民族報業市場化的步伐，盡早確立新的發展模式。適應新時期中國經濟環境，實現民族報業跨越式發展。其次，盡早建立現代企業管理模式，規避傳統管理模式的弊端與不足，如產權不明晰；委託人缺失；內部管理體制不規範，組織結構欠科學；缺乏有效的獎勵和約束機制。這些從少數民族地州盟報辦報實踐中總結出來的帶有規律性的經驗，具有普遍的指導性和可操作性。

四、以人為本。現在民族地區的人才與發達地區相比仍然有很大差距，高素質新聞人才緊缺。以人為本，更要以人才為本，以解決報業發展隊伍問題。

作者劉世樹係土家族，生在民族地區，長在民族地區，他曾是湘西《團結報》忠實讀者，熱情作者，當今又成為自青年時期就鍾愛的湘西團結報社的管理者，種種聯繫，使他對少數民族地區報業發展情況從宏觀到微觀，都瞭解的非常透徹。他的同事和戰友，本書另一作者陳亞麗係滿族，不言而喻，兩位作者來自於基層，就職於基層，同樣地感受、信念、情趣，使他們走到一起來了，兩人為這部著作付出的心血使其增色不少，新意選出。

我與作者劉世樹相識多年，對他的博學多才，謙虛謹慎，不慕名利，勇於擔當的高尚品質十分欽佩。多年來，他勤於著述，成果頗豐，其散文作品曾榮獲冰心散文獎、沈從文文學獎一等獎。

如果說本書還有一些欠妥之處，在我看來，用詞不夠謹慎算是一個。當前我國建有 5 個自治區、30 個自治州、120 個自治縣，統稱為民族自治地區（亦稱「民族地區」）。雖然，在民族自治區、自治州首府，如烏魯木齊市、吉首市等辦有區州級報紙，但一般統稱為「地州盟旗縣」報（社），或民族地區報紙（報業、報社），「民族市州報」的稱謂顯得不夠準確。

可以說，《走向輝煌》雖有微瑕，但無論是從選題內容、研究方法還是研究水平來看，都可稱得上是我國民族地區報業發展研究的一部力作。

（原載《中國記者》2013 年第 12 期）

附錄一　關於作者的專訪

鬧中取冷白潤生

唐　虞

　　白潤生兩次半路出家，一次比一次「冷」。算不算明珠暗投？若不出家，也可能在今天的熱鬧之中撈些好處。白潤生化了朱自清先生的一句話作答，叫做：熱鬧是別人的，我沒有。

　　白潤生要當碩士研究生導師了，第一次招，很認真，研究方向報上去，很快批了。題目是「當代民族報刊研究」，冷門。不久，學生來報到，白潤生卻心虛起來：為什麼？手頭上只有一點可憐的民族報刊資料。他只好誠實地對學生說：我再當一回研究生，一起來研究吧。於是教室，圖書館，閱覽室，窗邊林下多了一大兩小三個學生，覃研不輟。

　　這是幾年前的事了。導師白潤生和他的學生一起畢了業，學生寫了兩篇有價值的論文，他出了一本有價值的書，並且在民族新聞領域開出了一片天地。迄今，在全國，講民族新聞史的，帶民族新聞研究生的，僅他一家。新近面世的《中國新聞事業通史》，最初邀白潤生加盟，要的並非民族新聞史，正巧他的《中國少數民族文字報刊史綱》殺青，請《通史》的主編方漢奇寫序，方老先生卻改了初衷。可《通史》第一卷已經付梓，便來了個補正，填了原書的缺憾。

　　白潤生戀上這坐冷板凳，吃冷豬肉的行當，與之相善的人不會覺得奇怪。他心靜。身在中央民族大學教書，做著少數民族的學問，往講臺上一站，有人說他像蒙古族，有人說他是滿族，查查族譜，也許還真和少數民族沾點血緣。白潤生卻說，別查，在我們單位，少數民族分房子優先，一查就有嫌疑。

　　心靜，就受得了那個「冷」字。

　　白潤生兩次半路出家，一次比一次「冷」。他在一家中央級大報當過編輯，沒多久鬼使神差又進了大學，修起寫作理論來，過了四年，他又扔下所長，鑽

進了無人涉足的少數民族新聞史。算不算明珠暗投？若不出家，也可能在今天的熱鬧之中撈些好處。白潤生化了朱自清先生的一句話作答，叫做：熱鬧是別人的，我沒有。

十年磨一劍。十年前白潤生起家時，甚至連磨劍石都沒有。研究的基礎是資料。報刊不像火花郵票之類，大而重，集報藏報者極少，一些資料館檔案館也收得少。少數民族的就更難得了，本來多在邊遠地區，又多兵燹之禍，所存寥寥。白潤生好不容易找到 70 年代才創刊的烏蘭察布報（蒙文版），連他們自己都沒有存創刊號。自己去找是不可能的，一無經費，二無時間。他便一批批地往各地發信，回收率僅 30%，收穫卻很大。

來自各地各民族的學生成了他在少數民族語言文字方面的老師。一次，他從圖書館摳出一冊《蒙文白話報》，欣喜若狂。幸好是蒙白對照。有一次可把他難住了——這是一篇朝文報創刊詞，他不懂朝鮮文，怎麼辦？正好他教的學生中有朝鮮族。他也顧不得師長的體面，恭恭敬敬地請學生當翻譯，那位學生倒被他的謙恭弄得不自在起來。

對待某些學術觀點，他卻沒有這麼謙恭了。他說，做學問，要善於懷疑。比如，在一次學術會議上，有位研究蒙古族新聞史的學者，向他指出，我國少數民族文字報刊始於戊戌變法時期的蒙文報刊《東方生活》。他認真研究了有關資料，從該報的主辦人、創刊地點、辦報宗旨、讀者對象以及發行範圍，多方面進行了考察，他的結論依然是：中國少數民族文字報刊興起於 1905 年在內蒙古地區出版的蒙文報紙《嬰報》。觀點沒有變化！

有了一點積累，他就去向一位老教師求教，不料這位老教師說：「少數民族沒有新聞。」

白潤生大受刺激。所以在以後寫的幾本書尤其是《史綱》中，他反覆強調一個基本觀點：中華民族有 56 個成員，少數民族文字報刊史是中國新聞史的一個重要組成部分，是中國民族新聞學一個不可缺少的分支。在方法上，他主張見物見人，多以人為主線，因為新聞工作者的思想和活動對一個新聞媒體的發展起決定作用。有了框架，他漸漸形成了自己的新聞史觀。

白潤生說他的成功之道是走冷門。當過記者的他打了個比方：幹事業就像搶新聞一樣，先人一步就是獨家。有了目標之後，還要學會等待——潛心研究。

（原載《中國青年報》1995 年 11 月 30 日第 8 版《人物彩照》欄）

「雜家」白潤生

蘭汝生、任傑

　　提起白潤生，瞭解他的人都說他是個「雜家」。雖然這話裏有些玩笑的成分，但身為中央民族大學副教授的白潤生也首肯了這種說法。雖然在我的眼裏他堪稱研究領域的大家。

　　白潤生自己說是幹過的工作雜七雜八，寫文章涉及的領域紛雜難數，專業上的研究雜採眾長，總歸是一個「雜家」。他學的是師範，畢業後在中學教過語文。20世紀70年代末他又轉行到一家大報當了編輯。20世紀80年代的自甘寂寞的白潤生又離開了熱門的編輯行業到當時的中央民族學院教寫作課。當寫作正紅火地成為人們眼中的熱門的時候，1984年他又改行研究起少數民族新聞史來了。難怪有人說：白潤生兩次半路出家，一次比一次「冷門」。其實，白潤生並不是有意去爆什麼「冷門」。他知道，「雜家」雖也難得，但畢竟不是「大家」。他在嘗試，在調整自己人生的座標，在醞釀自己的一次衝刺。他的目標，定在中國少數民族文字報刊史的研究上。

　　（出音響）

　　記：您是從什麼時候開始搞民族新聞的研究的？

　　白：是從84、85年。因為感覺到在民族院校教新聞史應該與其他院校有所不同，得有自己的特色，在民院辦新聞專業得有民族特色，所以我就考慮如何突出民族性，為民族地區培養少數民族新聞專業人才。

　　記：在您之前專門搞民族新聞方面研究的人有沒有？

　　白：應該說有。但是一般來說是零散的研究，地區性的研究。從新聞史的角度來講只是斷代的，不是像我這樣，從古至今，系統性的。

　　（音響完）

中國的新聞史是漫長的，中國少數民族新聞史也同樣有著漫長的發展軌跡。但是，由於歷史的原因，在長期的封建社會和舊中國的民族壓迫下，少數民族新聞事業的發展受到阻礙更由於歷代戰亂的緣故，各種資料大量遺失和被毀，使得白潤生在搜集整理少數民族報業史的資料上困難重重。

一封封求援的信從白潤生手裏寄往全國各個角落，寄到少數民族地區的報社，寄到各地民委，寄到各地的朋友手中。他還一頭扎進圖書館，尋找被厚厚的灰塵覆蓋著的一沓沓近現代報刊，披沙閱金。像一個勘礦者一般，一點點搜尋線索，積累材料。

白潤生本人是個漢族，一點少數民族語言都不懂，他不恥下問，經常向民族大學裏各民族專家、學者、教師，甚至學生求教。就這樣，積沙成塔，集腋成裘，白潤生的資料本厚了起來，研究生的課也開起來了，研究也取得了一定的成果。他說：

（出音響）

白：「我國最早的少數民族文字的報紙是 1905 年創辦的《嬰報》，它是蒙漢合璧，蒙文和漢文對照的一張報紙。這也是我國民族報刊發展史上的一個階段。最初大多是這樣。《西藏白話報》也是這樣。有的是這一版是民族文字，另一版是漢文，有的是上下對照。但是從中國少數民族辦報活動算起是 1902 年，也就是英斂之辦《大公報》。因為他是滿族，所以從這個意義上來說，中國少數民族辦報活動應該是從 1902 年算起」

（音響完）

尋根澤源，白潤生在中國新聞史界第一次樹起了系統化的，全面的中國少數民族新聞史的大旗。新聞史前輩方漢奇先生立即為之鼓與呼，稱白潤生的研究填補了中國新聞史的空白。白潤生每論及此都激動地說：「中國新聞史如果不記錄下少數民族的新聞活動就將是不全面的，令人遺憾的。因為中國 55 個少數民族用自己的聰明和才智創造了自己的文字報刊史，新中國成立後還有了大發展，有了民族廣播、電視。所以，一本完善的中國新聞史應該包括少數民族的新聞活動。」

（出音響）

白：「中國少數民族文字報刊的發展跟中國新聞史的發展規律是一樣的。一點它也是先有報，然後才有了其他的新聞傳播媒介。只是由於他們大部分聚居在邊遠地區，經濟文化落後，加上過去長期封建社會的民族壓迫，所以造成

少數民族文字報紙落後一些。建國以後，我們黨重視民族地區，使少數民族新聞事業發展得很快。到 1994 年底，全國少數民族文字報紙發展到 136 家，其中有省區、地市、旗縣盟等各級黨委機關報，有青年報、參考消息、工人報、廣播電視報、法制報、兵團報、晚報。以黨報為核心，多層次、多地區、多種類、多種文字的民族報刊體系已經形成。」

（音響完）

白潤生走過人生的春夏，迎來了收穫的季節。他的文章經常見諸各種學術刊物和各類報章。他編著的書籍陸續出版。現在如果要讓他自數出已出的書，他自己還真記不清了。

（出音響）

白：「關於民族新聞的主要是《中國少數民族文字報刊史綱》，另外還有《民族報刊研究文集》收錄我 20 餘篇主要論文，寫過《中國新聞史（古近代部分）》也寫了一些一般性的文章，再就是寫過文學語言的，研究過一位仫佬族、一位苗族詩人，寫過有關論文。」

（音響完）

八十年代我就讀過一本書，名字叫《寫作趣聞錄》，給我留下了深刻的印象，現在翻出來一看，編著者就是白潤生，現在他又編輯了一本《新聞界趣聞錄》，還撰寫了《報告文學簡論》等關於文學寫作方面的教材，看著他書架上五花八門的論著和研究成果，不由得你不承認白潤生是個「雜家」。可我卻認為，在民族新聞史領域，他已經是一位「大家」了。

聽眾朋友，剛才為您介紹了民族新聞史研究專家白潤生。這次的民族大家庭節目就為您播到這裡。

1996 年 3 月 25 日中央人民廣播電臺《民族大家庭》節目播出

使歷史成為「歷史」
——訪韜奮園丁獎獲得者白潤生

董宏君

早在公元 10 世紀前後,藏族聚居的地區就很可能已經產生了類似內地的郵報之類的手抄新聞媒介。20 世紀的最初 10 年,在一些少數民族地區,就已經出現了用蒙、藏、朝、維等少數民族文字出版的報刊。這一起始的時間,甚至超過了個別經濟、文化不發達的漢族地區,和發達的漢族地區近代化漢文報刊的創刊時間相比,也只不過晚了二三十年。1905 年以來,大量少數民族文字的報刊相繼問世。到 20 世紀 80 年代末,全國已有 17 種少數民族文字的 84 家報紙和用 11 種民族文字出版的 153 家期刊,出版地點分布於內蒙古、新疆、西藏、青海、雲南等 12 個省(區),總發行數報紙達 1483.5 萬多份,期刊 1280 多萬冊。

我們對這一歷史概貌的瞭解,來自《中國少數民族文字報刊史綱》一書,而使這一歷史成為「歷史」的人,就是稻奮園丁獎獲獎者之一、中央民族大學副教授白潤生。

與中國無數普普通通的知識分子一樣,在紛繁的世界中,白潤生安然固守著一張平靜的書桌,並潛心埋首於自己的一方天地。這天地在別人的眼裏可能小而又小,而在他的心中卻大而又大。

與 20 世紀 30 年代末出生的他的同齡人相比,白潤生多變的人生軌跡似乎揭示出他的雖不明晰但卻執著的渴望。他讀的是師範院校,畢業後在一家中學教語文。70 年代末他轉行到報社當了編輯。80 年代初,白潤生又選擇了到當時的中央民族學院教寫作課。1984 年,他又由寫作教研室來到了新聞教研室,並開始了他少數民族新聞史的研究。在一次次有意無意地變化與選擇中,白潤生也一次次地調整著自己的人生座標。這座標上沒有實惠與時毫,卻端端正正地刻著急迫與職責。因為手執教鞭的白潤生看到:各族學生填著古今中外

各類新聞課程的課目表中，沒有一門提及少數民族自己的新聞歷史。

每一個探尋歷史、研究歷史的人，似乎總有一種被賦予責任的神聖、把握歷史時的莊嚴、書寫歷史時的豪邁。而當白潤生踏上這條為中國少數民族新聞追尋足跡的道路時，這一切，都被他所面臨的艱辛遮住了。

白潤生個性沉實，言語不多，不喜說教。大概緣於這樣的個性，他在學術上同樣質樸無華。即便面對「少數民族沒有新聞」的說法，他也沒有令人炫目的理論。他鼓勵自己的只是：耕耘、耕耘，讓史實說話。

他以排沙簡金的工夫在浩渺的典籍中搜尋線索，在奇缺的少數民族報刊中積累資料。少數民族本來多在邊遠地區，又幾經戰亂，各種資料、檔案少而又少。白潤生好不容易找到 70 年代才創刊的烏蘭察布報（蒙文版），可一問，連他們自己都沒有存創刊號。這樣的情況相當普遍。在沒有時間和經費親自查找的情況下，他便不斷寄信給少數民族地區的報社，各地民委和各地的朋友，言辭誠懇。儘管回覆率僅 30%，白潤生還是萬分欣慰。作為研究少數民族新聞史的漢族學者，民族語言是他遇到的又一大難題，於是，民族大學裏各民族的專家、學者、教師，他的來自民族地區的學生，都成了他的老師。

當他數十萬字的《中國少數民族文字報刊史綱》和《民族報刊研究文集》付梓的時候，已有人稱他「在中國新聞史界第一次樹起了系統化的、全面的中國少數民族新聞史的大旗」，新聞史前輩方漢奇則稱他的研究「填補了中國新聞史的空白」，「對新聞學、社會學、民族學和廣大文史學科的研究工作者，也將有所裨益」。而白潤生依然靜靜地沉在自己的那方天地，不輟耕耘，以廓清自己的學術框架，形成自己的新聞史觀。他反覆強調的只是：中國 55 個少數民族用自己的聰明才智創造了自己的文字報刊史，新中國之後還有了大發展，有了民族廣播和電視。所以，一本完善的中國新聞史應該包括少數民族的新聞史。

如今，白潤生的學生已大多活躍在由中央到地方的各個新聞單位，他帶的研究生也已和他一起並肩戰鬥在教學第一線，最新面世的《中國新聞事業通史》裏有他為讀者勾勒出的一部夠麗多彩的少數民族報刊的歷史畫卷，翻開近年來厚厚的《中國新聞年鑑》，中國少數民族新聞事業發展概況已有一席之地……我想，這裡面一定已實現了白潤生的一些渴望，而另一些渴望此刻還正在他的筆底繼續流瀉。

（原載《人民日報》1996 年 6 月 12 日第 11 版
民族大家庭版大家庭專訪欄目）

十年鑄一劍
——記民族新聞史專家白潤生

楊湛寧

「少數民族沒有新聞」這是 20 世紀 80 年代中期，一位學者對剛剛開始研究中國少數民族新聞史的白潤生說的。

十幾年過去了，當白潤生數十萬字的《中國少數民族文字報刊史綱》和《民族報刊研究文集》面世以後，著名新聞史學家、中國新聞史學會會長方漢奇教授評價道：「在中國新聞史學界獨闢溪徑，成為全面系統地研究中國少數民族新聞史的『大家』。」

有人稱白潤生「在中國新聞史界第一次樹起了系統化的、全面的研究中國少數民族新聞史的大旗」。他在自己的那方天地裏，已形成了自己的歷史唯物主義新聞史觀：中國少數民族文字報刊史是中國新聞史的一個重要組成部分，也是中國民族新聞學一個不可缺少的分支。中國少數民族文字報刊史終於被方漢奇先生請進了由他主編的《中國新聞事業通史》一書，使這部《通史》更系統、更完整、更科學。由此，中國少數民族新聞史正式作為一門獨立的學科在中國新聞史上佔了一席之地。同時，確立了白潤生作為中國少數民族文字報刊史研究首創者的地位。

對白潤生來說，這十年卻是他肩負歷史責任感和使命感，潛心鑄劍的十年。

「白潤生，教授，碩士研究生導師。中國新聞史學會理事。稻奮園丁獎獲得者之一。20 世紀 60 年代畢業於北京師範學院中文系，曾在工人日報當過編輯。1979 年調入中央民族學院（現中央民族大學）任教。自 1984 年起從事民族新聞的教學與科研工作。他在該校任教的十多年間，先後公開發表論文數十篇，出版書稿十餘部（含合著），此外，還承擔《中國新聞事業通史》、《中國

—509—

地區比較新聞史》、《中國民族文化大觀》、《中國新聞事業編年史》等國家重點科研項目的撰稿任務。」從這份簡歷中不難看出，他對新聞事業的執著追求。

1984 年，白潤生開始了對少數民族新聞史的研究。擺在他面前的是，學生們填寫的新聞科目表中，沒有一門提及少數民族自己的新聞史。白潤生想，「中央民院新聞專業是為民族地區培養少數民族新聞工作者，為發展和繁榮民族新聞事業而創立的。通過幾年專業學習，仍然不瞭解民族新聞事業的歷史和現狀，不瞭解少數民族新聞傳播以及少數民族報人在中國新聞史中的地位和影響，無疑是個缺憾。」

中央民族大學的新聞專業，在新聞科目的設置中，竟然沒有一門科目能夠真正體現它自身的特點——民族性，這不能不說是搞民族新聞研究的一個「悲哀」——個性沉穩、言語不多的白潤生，這次確實是著急了。他感到了自己責任的重大，正是這份民族責任感和歷史使命感，奠定了他踏上追尋中國少數民族新聞道路的基石。在國內外學術會議上，白潤生反覆強調「中國新聞史是中華民族新聞史，是 56 個民族共同創造的歷史，沒有 55 個少數民族新聞事業和辦報活動，就不可能是一部完整的、科學的、系統而全面的新聞史」的觀點。這個聲音出自白潤生一人之口，似乎顯得微弱，但是，他每每講述這個觀點時，他總覺得，站在他背後還有生活戰鬥在 60%國土上、近一億人口的少數民族同胞在支持著他。他知道這不是他一個人的呼喚，而是發自各族人民群眾的心聲。

研究的基礎是資料。然而，白潤生起家時，一點資料也沒有。他以排沙簡金的毅力，在浩瀚的典籍中搜尋線索，在奇缺的少數民族報刊史中尋找資料。少數民族多在邊遠地區，幾經戰亂，各種資料、檔案少而又少，白潤生好不容易找到 70 年代才創刊的烏蘭察布報（蒙文版），可一問，連他們自己都沒有保存創刊號。他想到一個很聰明的方法，向全國各少數民族地區一批一批地發信。儘管回收率只有 30%，但他的收穫卻很大。

民族新聞內容豐富，各種新聞活動和現象紛繁複雜。如何體現民族新聞的科研特徵？白潤生主張「寫史必須見物見人」，這個觀點在他的《中國少數民族文字報刊史綱》一書中得到了具體體現。他在論述民族文字報刊發展歷程和論證民族新聞特點時，引用了大量的史料文獻和具體翔實的資料數據。例如，他在考證我國早期民族文字報紙《蒙文白話報》時，以中央民族大學館藏的原件為依據，詳細地介紹了該報的版式及內容。他認為該報的原件「是研究我國

早期民族文字報刊的不可多得的珍貴資料」。在（史綱）一書中他提及了 130 多位民族新聞工作者和近 400 種各級各類報刊，「為讀者勾勒出一部絢麗多彩的少數民族報刊的歷史畫卷」即使對一些有歧見的問題，他也從來不武斷，而是引述歧見以備讀者鑒別，讓歷史事實得出科學的令人信服的結論。難怪方漢奇教授稱，「我與本書的作者相稔近十年，對他的博聞多識和認真勤奮的治學精神，深感欽佩。」1996 年，《史綱》一書榮獲北京市第四屆哲學社會科學優秀成果二等獎。

作為研究少數民族新聞史的漢族學者，民族語文是他遇到的一大難題。白潤生不恥下問，向各民族的專家、學者、教師，甚至還有那來自全國各地區各民族的學生求教。

經過十幾年的「沙裏淘金」，白潤生不僅「填補了中國新聞史的空白」，而且，他的論著「對新聞學、社會學、民族學和廣大文史學科的研究工作者，也將有所裨益」。（方漢奇語）被方漢奇教授稱之為「我國少數民族新聞史研究專家白潤生的又一部力作」《中國新聞通史綱要》即將問世。在這部書的序言裏，方先生再次評論道：「他的著作意蘊恢宏，史實翔實」，「他筆耕最勤的多為前人未曾涉足的處女地，而這片處女地經他辛勤耕耘後，往往煥然一新地呈現於讀者面前。既顯示了他的敏捷思維，又反映了他令人欽佩的開拓創新精神。」

在全國，講少數民族新聞史的，帶民族新聞研究生的，僅白教授一人。他帶的研究生有的已和他並肩戰鬥在教學科研第一線。新疆維吾爾自治區出版的《新疆新聞界》雜誌，慕名前來與白教授及其弟子共同商討，在其雜誌上聯袂辦好「民族新聞研討」專欄，以促進少數民族新聞科學研究的長期發展。更值得一提的是，他所開創的「民族報刊研究」方向的研究生短短幾年中已達 10 人之多，誠如《新疆新聞界》主編任懷義先生所說，「你們是我國新聞學術界今後研究民族新聞的中堅力量」，這也是值得白教授欣慰的。

已逾天命之年的白潤生教授，其視野又進入了少數民族與漢族新聞傳播之比較研究和世界少數民族新聞事業的發展領域。我們熱切希望他有更新更高學術價值的民族新聞學專著的問世。

（原載《新聞三昧》1997 年第 6 期）

窮困求學求窮盡

施劍松

　　白潤生，又名白凱文，1939 年生於北京，1962 年畢業於北京師範學院中文系（現首都師範大學），在北京 107 中學任教 16 年，1978 年調入《工人日報》社做編輯，現任中央民族大學新聞學教授，碩士生導師，中國新聞史學會理事，中國高等教育學會新聞學與傳播學研究委員會理事。教育部高等學校新聞學學科教學指導委員會委員。

　　中央民族大學中文系白潤生教授，6 月 26 日（農曆五月初十）剛剛度過了他 63 歲的生日。目前他正在從事國家社科基金項目《少數民族語文的新聞事業研究》和北京市高等教育精品教材立項項目《中國少數民族新聞史稿》的研究和寫作。談起自己的求學和治學歷程，白潤生說得最多的是一個字——「窮」。縱觀他求學、治學生涯，的確可以說：白潤生先生是和「窮」打了一輩子交道。

求學：貧而不窮

　　白潤生幼年家境貧寒，母親因病早逝，兄弟姊妹七人全靠父親一人供養。父親是個普通的手工業者，靠著製作學生學習繪畫所用的水彩來維持一家生計。白潤生是家中長子，很早就開始幫持家計。他賣過小百貨，幫家人擺碟，調製顏料，裝盒，製作水彩，從事手工勞動。學習只能是「工餘時間」。談起當年自己的求學歷程，白教授不勝感慨。他的小學換了五所，為的是找最便宜的學校；中學時，考上當時崇文區第一所市立中學，為的也是市立中學收費低；大學時考北京師範學院（現為首都師範大學）為的還是當時師範類學院免學費，並能供給零用錢。現在白潤生回憶起自己的大學生活，印象最深的是：

到學校報到時，剛放下行李，食堂大師傅便招待新生吃飯，白麵饅頭、點心和各種美味佳餚儘管吃，其時正是 1958 年大躍進年代。

白潤生喜歡看書，卻沒錢買書。他只好常常跑到書店裏看書，去的次數多了，書店裏的營業員都很熟悉他。當時有一件事先生很感動。有一次他照例到書店看書，卻意外地從他昨天沒看完的書裏發現夾著兩張電影票。這是書店的營業員感動於他求知欲望之強，學習之苦而送給他的。高考前，因為家境極為困難，白潤生遵從父母意願，準備就業支撐家計。考前的那個假期，他一邊找工作一邊幫父親做活。快要報名考試了，班主任來家訪，發現了白潤生的情況。老師勸說白潤生參加考試，並且答應幫助解決學習方面的困難。白潤生這才走進了考場。憑著平時的學習功底，他果然考中了！

大學時，因為捨不得來回 3 角錢的路費，也為了家裏少一張嘴，白潤生很少回家。他要買書，靠的是自己去夜校任課得到的課時費和從助學金中擠出的少許零用錢。每次買書，總要費盡思量方能下定決心。那時學校放電影，門票五分錢。在這個五分錢面前白潤生也很難「慷慨」，看與不看要經過反覆的思想鬥爭。最後畢業時，老師給他的評語很高：「知識廣博，見解獨到」。

治學：窮而不貧

說白潤生先生治學「窮」是兩點。第一，可能由於自幼窮苦出身，白潤生在學術研究領域偏愛鑽冷門。別人嫌苦嫌窮的領域，他樂於耕耘；第二，在這樣的新領域裏，研究的方法也是一個「窮」字。就是窮盡該領域的內容，永遠站在學術領域已知和未知的交界。不斷開闢新的研究範圍。

他有一句格言：「讀書、教書、寫書。躲進小樓成一統，管他春夏與秋冬。」從白教授家裏走出來，給我印象最深的是：他在艱難面前安之若素的態度。

（原載《科技時報‧中學生科技》第 40 期總第 2618 期，

2002 年 6 月 23 日第 3 版「理解」欄目）

薪火不斷溫自升
——記少數民族新聞學學者白潤生教授

蔣金龍

記者來到中央民族大學新聞學專業教授白潤生家裏的時候，滿頭白髮的老人正在伏案修改他的新作《中國少數民族新聞工作者平生檢索》。在這部著作中，他將給讀者介紹 500 多名近現代以來在新聞工作中做出傑出貢獻的少數民族報人。他的書房狹小樸實，沒有空調，僅有的一臺小電風扇吹出的風略帶溫熱，但他的工作熱情卻似乎沒有受到外界條件影響。近 20 年來，他就是在這種比較簡陋的環境下將少數民族新聞研究這個冷門逐漸升溫，引起學術界廣泛注意和重視。

45 歲才開始學習新聞的他自稱是「半路出家」，因為對於一個已過不惑邁向天命之年的人而言轉行是件相當困難的事，俗話說：「四十不學藝」。1984 年中央民族大學新聞專業建立，他才因為需要走上了新聞教學這條路。自此以後就沒有回過頭，相反卻在近二十年的時間裏用自己的全部精力與智慧，辛勤開拓和發展了少數民族新聞研究這一學科，受到學術界的廣泛讚譽，被稱為少數民族新聞研究的開拓者和先行者。至今，白教授已發表學術論文近 100 篇，著書 10 餘部（含與他人合著的），總計 200 多萬字。以《中國少數民族文字報刊史綱》、《民族報刊研究文集》、《中國新聞通史綱要》等書為框架形成了自己的一個基本觀點：中國新聞史是中華民族共同創造的，少數民族對中國新聞的歷史進程做出了不可磨滅的貢獻，少數民族新聞史是中國新聞史的一個重要組成部分，沒有 55 個少數民族新聞事業和辦報活動的歷史，新聞史就不可能是一部完整的、科學的、系統而全面的歷史。

對於今天的成績和聲譽，他看得很淡，但當初創業的艱難他卻記憶猶新。身處少數民族高校，他深刻地認識到撰寫少數民族新聞史不僅是自己學生的

需要，也是少數民族人民的需要。他說：「中央民族學院的新聞專業是為民族地區培養少數民族新聞人才，發展和繁榮民族新聞事業而創立的。學生在校學習數年，如果仍然不瞭解少數民族新聞事業的歷史和現狀，不瞭解少數民族新聞和新聞傳播以及少數民族報人在中國新聞史中的地位和影響，無疑是個缺憾。」但是，當時學界在這一領域的研究幾乎是空白，很少有人注意到這片領地，許多學者甚至還認為「少數民族沒有新聞」。於是，他就自架爐灶，白手起家。沒有研究資料，也沒有時間與精力親自去收集，他只好向各地特別是少數民族邊遠地區雪花般地發出一批又一批信件，利用回信和熱心人提供的資料進行研究。資料收集難，整理也難。少數民族文字的報刊讀不懂，他就禮賢下士，謙虛地向自己的少數民族學生請教，請他們做翻譯、講解。第一次招「當代民族報刊」方向的研究生時，沒有現成的教材，他就跟學生說明情況，然後一邊寫一邊教。學生畢業了，他的《中國少數民族文字報刊史綱》也付梓了。

通過一點一滴的原始積累，辛勤的整理，借鑒與利用學術界已有的研究成果，到 20 世紀 90 年代中後期，他的材料與觀點已趨向成熟和系統化，建立起了少數民族研究的大體架構，逐漸引起了學術界的注意和重視，《人民日報》等媒體先後報導了他的研究成果。少數民族新聞研究也逐漸由一個冷門學科變成了熱門，在相關學術研討和交流會上他也不再像以前那樣孤單和寂寞了。他欣慰地介紹說，民族新聞研究的隊伍在不斷擴大，取得了一批相當有分量和價值的學術成果。談到今後學科的發展時，他信心十足，同時又無不惋惜。他曾經想發起建立一個中國少數民族新聞研究所，卻由於種種原因擱淺了，至今全國都沒有一個這樣的組織與機構。

看到自己為之努力的學科不斷興起，白教授充滿喜悅，他撓撓自己的白髮打趣說：「只可惜歲月不饒人啊。」他介紹說，目前，少數民族新聞還有一些理論與學術上的爭論，這是有益的，有爭論才能有進步，有進步就能更加接近真理，在他的有生之年將為這一學科的完善和充實獻出全部精力。採訪快要結束的時候，他談起一位學術界的朋友對他的鼓勵，那位朋友鼓勵他一定要扛穩少數民族新聞研究這面旗幟。「是啊，一定要將少數民族新聞研究進行到底！」說著，他飽經風霜的臉上露出了一絲不易察覺但卻很堅定的微笑。

（原載《中國民族報》第 186 期
2002 年 11 月 12 日第 3 版「民族論壇」欄目）

白潤生：手持木鐸的采風者

傅　寧

原來一直認為白潤生教授是少數民族。一是他在中央民族大學工作，二是他的研究方向是少數民族新聞學。三是他文章中有濃濃的少數民族情結，四是他專著上的照片也很有些民族特色。所以在我的想像中，他多少有些神秘。結果在 4 月一個晴暖的午後，我在中央民族大學他的家中，見到的白教授是一個身材不高、敦厚溫和的漢族人，他平易樸實，謙虛爽朗。

看似平常最奇絕

傅寧：您是因為研究民族新聞學才進的民族大學，還是進了民族大學才研究民族新聞學呢？

白潤生：進了民族大學才開始研究民族新聞學。我認為民族大學的新聞學專業應該有自己的特色，不應該照搬一般大學的課程設置。學生大都來自民族地區，還要回到民族地區去從事新聞工作，如果不瞭解民族新聞的歷史、民族新聞理論、民族新聞的採寫，將來是不容易做好民族新聞工作的。

傅寧：您是不是從《工人日報》一出來，就來民族大學研究民族新聞學，走了一條從實踐到理論的路子呢？

白潤生：一步到位？哪有這麼順？有人說我是半路出家，我總說自己是末路出家。我到民族大學，開始是教寫作，1983 年去人民大學新聞系進修了一年，跟著方漢奇老師和陳業邵老師學習中國新聞史。

傅寧：有人會覺得您的選擇有些奇特，第一，20 世紀 80 年代正是新聞事業開始蓬勃發展的時期，記者是一個很令人羨慕的職業，您卻不當記者當學者。第二，20 世紀 80 年代也是一個幾乎人人寫詩讀詩，人人都是文學愛好者

的時代，寫作在當時是一個很熱門的專業，您卻放棄寫作學新聞。

白潤生：我的朋友也說我爆冷門，而且一次比一次冷。其實都不是刻意為之，都是順其自然。從記者到學者是因為一種情結，大學畢業的時候我就覺得我應該留校教書，我認為這是最適合我的位置，多少年我一直心有遺憾，所以一有機會，我就趕緊過來了。我沒有考慮得失，就覺得如願以償。從寫做到新聞史，是服從專業建設需要。要開這門課，沒有老師，派我去學，我就得去。在人大學了一年，回來就教，現炒現賣，趁熱出爐。

傅寧：方先生的新聞史加上民族大學的民族特色就成了您的歷史民族新聞學。

白潤生：（哈哈）不是相加，是融合。

傅寧：在您之前有沒有人研究少數民族新聞史？

白潤生：有，20 世紀 70 年代以前，幾乎很少有人涉獵，80 年代以後，開始有人在這方面進行探討，比如馬樹勳先生，出了一些成果，但多數只限於一兩個地區、一個或若干民族。不系統不深入。我只不過是在前人的基礎上做了點系統化的工作，也是一個拓荒者，沒有什麼大的建樹。做了一點自己想做的事情。

傅寧：但要把這個願望變成現實估計不會比找金礦容易吧。

白潤生：金礦就在那兒，只要找準地方，一挖就有；找民族新聞史料就像找幾顆散落民間的珍珠，只知道價值連城，想找不知道在哪兒。

傅寧：那您是怎麼找到並串起來的？

白潤生：給民族地區的每一家報社寫信「討」，自己去民族地區開會的時候淘，向每一個從民族地區來的人要，找少數民族學者請教，逮住少數民族學生打聽，好像就這幾種辦法。然後再把收集到的資料一一整理好，請少數民族的同事、學生一一翻譯出來，再一一分析，一一考訂。

傅寧：真是「上窮碧落下黃泉」，就像先秦時期手持木鐸的采風官，在民間收集詩賦歌謠，一一記錄下來。

白潤生：成果出來以後，當時的行為就被賦予了一種詩意，一層浪漫主義色彩。其實，回憶當時的行為，真實的感覺是在乞討。我寄出去的信，回收率只有 30%，有時，收集到的資料也是斷簡殘篇，只能再發信，再收集。少數民族多在邊遠地區，幾經戰亂和「文革」，各種資料，檔案少而又少。就是這樣，我也算很有收穫了。還有一點，當年少數民族文字報社的同志也不知道保存資

料，沒有這種意識。比如上個世紀 70 年代才創刊的《烏蘭察布日報》，連他們自己都沒有保存創刊號，至今沒有找到這張報紙的創刊詞。

傅寧：這些辛勤勞動的主要成果就是《中國少數民族文字報刊史綱》？

白潤生：還有《民族報刊研究文集》和 10 多名「民族報刊研究」方向的研究生，當時《新疆新聞界》的主編任懷義先生說他們（指研究生和我校的新聞專業）是我國新聞學術界今後研究民族新聞的中堅力量，並在他辦的刊物上發了 6 幅照片，介紹我和我帶的碩士研究生，標題是《我國民族新聞人才的搖籃》，我對此深感欣慰。

傅寧：少數民族新聞內容豐富，各種新聞活動和新聞現象紛繁複雜，您怎樣在一本書裏體現民族新聞的科研特徵？

白潤生：我認為寫史應該見物見人，大量的史料文獻和具體詳實的資料數據是必不可少的。比如報刊原件，這是研究民族文字報刊的主要依據。根據原件研究版式和內容，才能鮮活、真實、可信。在《史綱》這本書裏共提及 100 多位民族新聞工作者和幾百種各級各類報刊。再就是對一些有歧義的問題，不可妄下結論，而是引述歧義讓讀者鑒別，讓歷史事實得出科學的結論。

傅寧：新華社曾以《中國少數民族文字報刊研究取得突破》為題報導《中國少數民族文字報刊史綱》的出版。方漢奇教授對這本書的評價是：「填補了中國新聞史的空白」，「對新聞學、社會學、民族學和廣大文史學科的研究工作者，也將有所裨益」。而且對本書作者的「博學多識和認真勤奮的治學精神，深感欽佩」。《人民日報》認為您的成功得益於「個性沉實」「樸實無華」，您自己認為是哪一種性格成就了您的學術之路？

白潤生：我還沒有想過，十幾年來，我所思考的就是：勤奮寫作，讓史實說話。我還有一句座右銘：讀書，教書，寫書。現在如果考慮一下這個問題，我覺得應該是：認真。開個玩笑可以說是：成也認真，敗也認真。成，好理解，說的是治學和教學，不認真出不了成果，教不好學生。敗，就是有時得罪人。同事評職稱，成果不過硬；學生畢業，論文不合格，我認為達不到應有的標準就是不能通過，這個標準是客觀的，可有的人就是不理解。還有我認為一本書，如果都是自己寫的，就是「著」，如果不是自己寫的，就是「編」，一部分是，一部分不是，就是「編著」，《中國少數民族文字報刊史綱》我署的就是「編著」，因為我覺得史料是原有的，是有關報社提供的。到目前為止，我個人出的書很少用「著」。我認為我寫的書沒有不借鑒別人的研究成果的，尊重別人的成果，

這是起碼的職業道德。

傅寧：這可有點較真。目前您「編著」的書有幾本？

白潤生：有五六本吧。加上與人合寫的，有十幾本吧。

傅寧：哪一本是您最滿意的？

白潤生：哪本也不滿意。人總是這樣，沒有出版前，盼著出版自己的書，希望自己寫的東西變成鉛字，我出第一本書之前就是這種心情。但是後來起了變化，比如《報告文學簡論》就是這樣：開始想及早出版，等到要出的時候，我發現許多地方需要修改——最好別出。可是後來這個願望沒有實現，沒想到這本書出版得這麼快。有的書我甚至希望從來沒有出版過，有的書因為當時的資料所限，或校對的疏忽，所出現的錯誤和硬傷，讓我臉紅。如果有時間有可能，我要將我所有的文字甚至體系重新訂正一次，重新組合，再重新寫作一次。如果說，這些書對我來說是一些美好的回憶，那書後面的故事比書本身更讓我難忘。

書中自有趣聞事

傅寧：聽說您教一門課寫一本書；參加一次會，交一篇論文，是這樣嗎？

白潤生：是這樣。我的第一本書《寫作趣聞錄》是寫作學的參考書；1985年出版的《報告文學簡論》是選修課的教材；《新聞界趣聞錄》主要是為《新聞事業概論》寫的參考書；而《中國少數民族文字報刊史綱》、《民族報刊研究文集》是為民族報刊研究方向的碩士生寫的學位課教材和參考書。1998 年出版的《中國新聞通史綱要》更是為民族院校、民族地區高校寫的一本中國新聞史教材，這本書也是我從事新聞史教學的積累與沉澱。每參加一次學術會議，就按會議的要求寫一篇論文，甚至沒有要求寫論文，在會上的發言，會後我也整理成篇，拿出去發表，幾乎沒有廢品。比如《成舍我與民族報業》、《中國新聞史研究的新高峰》、《中國早期少數民族女報人——記葆淑舫郡主和劉清揚同志》等都是會議發言，會後整理的稿件。前前後後，共計寫了近 300 萬字。

傅寧：據說，您的每本書都有一個故事，我很想聽聽，請您講講，好嗎？

白潤生：我的第一本書是《寫作趣聞錄》，1983 年人民日報出版社出的。寫完以後我曾向 8 家出版社投稿，後來 7 家出版社沒有回音。當時我的中學同學艾豐幫忙推薦給人民日報出版社，才得以出版。我和艾豐是 11 中的同學，他比我高一級，兩個年級的教室同在一個小院裏。兩個人都喜歡文史，休息時

經常一塊兒聊天，關係很好。畢業後，他考上人民大學新聞系，我到了北京師範學院。他父母的家跟我住得很近。「文革」後，他以第一名的成績考上了社科院研究生院新聞系的碩士研究生。無巧不成書，一個星期天，艾豐回家看望老人，路過我家門口，遇上了，我就把這事給他說了，他很感興趣，那時他出版了《新聞採訪方法論》。他回去就推薦給責編賀海同志，後來《人民日報》上發了新書預告，很快就出版了。這本書出版社責編讓我校閱了幾次。主要是編的，出版後，發行了 13 萬多冊。有人告訴我說，新華書店排隊購買此書。其實這本書編得不好，真像有人所說的那樣，誰都能「編」，只不過趕上了好時候。「文革」後人們渴求知識，十幾年沒有新書出版了，見到一本普及讀物就想購買，滿足了年輕人的求知欲。這本書的書名是廖沫沙題的，當時他剛落實政策不久。廖沫沙的住宅在前三門，當時跟我住的地方隔兩三條街。我第一次去見他是由我的一位老同學陪同。廖老的大門口寫著「遵醫囑……不會客」。他的家沒有什麼貴重的家具，陳設簡單，但書房很好，陽光充足，書很多，寫字臺很講究。我說想請他題字，他很樂意，但他的夫人不讓題。過後我想是因為廖老「文革」期間歷經磨難，剛苦盡甘來，怕惹事，這完全可以理解。廖老也不得不聽夫人的，就說下次吧，我說什麼時候啊，他小聲告訴我大約的時間，意思是說最好在夫人不在的時候。第二次，開門的正是他，到了就題，寫了好幾個，正寫落款的時候，夫人過來了，說不讓題怎麼又題了，我倆尷尬地笑笑。題完了字，他又把我的序改了改，他的文筆太好了，不愧是文章大家。

　　傅寧：《中國少數民族文字報刊史綱》是第一本民族新聞學的專著吧？

　　白潤生：這本書原是我為民族大學的第一屆當代民族報刊研究方向的碩士研究生準備的教案。申報碩士生導師的請求批下來以後，學生也很快進校了。我直截了當地對兩個學生說：「要開課了，我沒有多少東西可講，我最多講講內蒙古和新疆的。我們得一起努力。」就在我為兩位碩士生備課的時候，在家屬院門口碰上了我校出版社的一位老師，他問我近來在搞什麼，我就如實告訴他說，我正在寫一本少數民族文字報刊史的書。他一聽馬上說，這本書寫好後給我吧，多少字？我壯著膽子對他說，15 萬字，交稿時，我寫出了 45 萬字，他們說教材只能出 25 萬字，讓我刪。後來我刪去一部分，又交給他們，他們說還多。最後，我只得跟責編說，請您幫忙吧，我不忍心割愛。這本書由布赫副委員長題簽。布赫副委員長當年住在東城區一個大四合院，紅色大門，高高的圍牆，大概是個兩進院。取題簽和送樣書去過兩次，都沒見過本人。

他很忙，都是由秘書接待的。布赫的字寫得很好，可算是個書法家，方漢奇老師看了直點頭稱讚。

傅寧：記得有一篇專訪寫道：從此民族大學的教室、圖書館、資料室、窗邊林下就多了一大二小三個求索的身影。三年後，兩個學生寫了兩篇有價值的論文，您出了一本有影響的專著。這本書在民族地區被奉為圭臬，並先後兩次獲部委級獎。

白潤生：但這仍然不是一本讓我滿意的書。一是當時寫作的時間太倉促，學生馬上開學；二是受當時收集的材料和認識水平的局限。以後再寫這方面的書，我要把所有的數字、提法、史實、論據一一重新核實。這是對我過去寫的文章、書做一次總訂正。

傅寧：您是寫一本否定一本。

白潤生：對，這也像貝利踢球一樣，永遠是下一個最好。因為認識水平永遠都是在提高的。現在有時翻看以前的書，從心裏希望這些書從來沒有面世過。比如《百年沉冤——中國新聞界人物被難錄》，我羞於拿給人家，真怕人笑話，這寫的是什麼玩意兒？我出書都是往出版社一送就不管了。這本書我也是看到書訊後才知道要出了，是 1989 年出版的。記得當時我馬上跟出版社聯繫，說書名應改為《為我國新聞事業獻身的人》，結果出版社說已經發排了。內容刪去很多，就像脫水蔬菜，只剩下筋和骨頭了。「文革」後的內容全刪了，錯別字很多。就這麼一本書，有的報刊還摘編了不少，據說，這些史料，他們認為很珍貴。但我仍然對幫助過我的朋友心存感激。下次出書，我可得嚴格把關。

傾心民族新聞學

傅寧：20 世紀 80 年代，尤其是進入 90 年代後我國少數民族新聞事業空前繁榮，形成了較為系統、多語（文）種、多層次、多渠道的特色鮮明的新聞傳播體系。但是，由於歷史和現實的原因，少數民族新聞事業的發展存在明顯的不平衡，應如何對待這種不平衡？

白潤生：這種不平衡表現在兩個方面：一是與內地發達地區的以漢語文為載體的新聞事業相比，還顯得比較薄弱；二是各個少數民族的新聞事業發展也存在差距。形成這種狀況的原因比較複雜，歷史原因、文化發展、生活環境、交通通訊狀況、語言文字等都有可能給民族新聞事業帶來影響。從宏觀上講，民族新聞事業發展的不平衡往往是其政治、經濟、文化發展的反映。所以，要

縮小差距，減少這種不平衡的程度，就要發展少數民族地區的經濟和文化，提高少數民族同胞的物質文化生活水平，以此帶動新聞事業的發展。反過來，深入發展的新聞事業又會推動少數民族地區的經濟文化的發展，形成「共振」。

傅寧：您在很多場合都說過：少數民族新聞事業要發展，少數民族新聞學也要與時俱進。現在民族新聞理論的發展與民族新聞事業的發展是否同步呢？

白潤生：這不僅是民族新聞學存在的問題，而是各個國家、各個民族的新聞理論與新聞實踐之間普遍存在著的矛盾。即使是非常正確的理論，在指導實踐時，也有一個磨合的過程。我國民族新聞學研究也無法幸免。問題的關鍵是理論聯繫實際，從理論上講，就是以馬克思主義的民族理論、新聞理論、黨的民族政策為強大的理論武器，聯繫民族地區新聞事業的實際情況，讓民族新聞學的研究既有豐富的客觀事實基礎，又有理論思辨的力度，從而將這門科學的研究引向深入。從實踐上講，就是要滿腔熱情地幫助民族地區總結出一套適合當地實際情況的新聞工作經驗來。

傅寧：您所在的中央民族大學是培養少數民族新聞人才的重鎮，那請您談談我國民族新聞人才的培養與民族新聞事業發展的現狀。

白潤生：套用一句熟語，民族新聞事業的現代化首先是民族新聞人才的現代化。據 20 世紀 90 年代初期的資料統計，全國少數民族地區省（區）、地（州、盟）、縣（旗）三級黨委機關報社工作人員近 6000 人，其中編輯人員 4800 人左右。內蒙古、寧夏、新疆、廣西、雲南、青海、西藏等 7 個省（區）的廣播電視系統的採編人員有 6100 多人，約占全國廣播電視系統總人數的 1/7。少數民族新聞工作者的人數一定大大超過以上這兩個數字。當前我正在編輯《中國少數民族新聞工作者生平檢索》（以下簡稱《生平檢索》），在這裡我共搜集少數民族新聞工作者 420 人，其中蒙古族 54 人，回族 41 人，滿族 33 人，藏族 32 人，壯族 26 人，朝鮮族 20 人，維吾爾族 16 人，土家族 5 人，苗族 5 人，彝族 5 人，白族 4 人，哈薩克族 3 人，傣族、俄羅斯族各 2 人，瑤族、達斡爾族、水族、納西族、侗族、仡佬族、布依族、畲族、京族、塔塔爾族各 1 人，漢族 162 人。這個統計是從近代算起，也就是從出現少數民族新聞工作者以來算起。比如我國最早的少數民族女新聞工作者葆淑舫，她是滿族，曾任《北京女報》《女界新聞》的主筆。大家都知道，《北京女報》創刊於 1905 年，是我國第一張婦女日報。葆淑舫是與裘毓芬、康同薇同時代的人。這位少數民族女報人我已收入《生平檢索》，但這 400 多人中絕大多數是現當代的

少數民族新聞工作者。為什麼漢族也列入少數民族新聞工作者呢？我對少數民族新聞工作者的界定是：「首先，凡是從事新聞工作的少數民族同胞，都是少數民族新聞工作者。既包括在民族地區報社、電臺、電視臺、通訊社從事新聞採編、新聞學研究和管理工作的少數民族，也包括內地新聞單位的少數民族同胞，更包括主要以民族語文傳播事實的新聞單位的少數民族同胞。其次，在以民族語文傳播事實的新聞單位從事採編、校勘、科研、教學和管理工作並做出一定成績的漢族同胞，特別是那些『民文』、漢語皆通的漢族同胞也應歸入少數民族新聞工作者。」歷史和現實都說明了這一點。比如我國新疆地區辛亥革命時期唯一少數民族文字的革命報紙——《伊犁白話報》的主編馮特民，他就是漢族；而現當代，這樣的漢族同胞就更多。比如莊坤，先在《內蒙古日報》做社長、總編輯，後又調到《西藏日報》做領導工作，可以說一輩子都獻給了少數民族的新聞事業，像莊坤這樣的新聞工作者，只是因為是漢族，就不列入少數民族新聞工作者，這樣做合適嗎？我編輯的這部《生平檢索》收入的這420人，都是知名的，獲有正高職稱，或在崗位上做出了突出貢獻的人。從以上這兩個方面的統計，我們可以說，我國少數民族新聞工作者的隊伍已經形成，並且其政治素質和業務素質都在不斷提高。雖然形成了一支民族新聞工作者的隊伍，但這支隊伍在改革開放前後大多數是自學成才，是在辦報實踐中成長起來的，他們沒有受過專門訓練，大專文化水平者很少，科班出身者更少。發展民族新聞事業，尤其是發展現代化的民族新聞事業，沒有德才兼備——既有堅定而正確的政治方向，又有系統而堅實的專業基礎的新型的少數民族新聞工作者是絕對不可能的。所以，現在最迫切的問題還是要繼續培養德才兼備的民族新聞工作者。

　　傅寧：目前我國新聞媒體已基本上都是採用「事業單位，企業管理」的運作方針，但是國家對民族新聞仍是政策傾斜，實行補貼，在市場經濟環境下，是不是也應該放手讓民族新聞事業去市場中游泳呢？

　　白潤生：少數民族新聞事業，在市場經濟下，也應同樣面對機遇和挑戰。政府補貼是由我國少數民族新聞事業的特殊性造成的，民族地區相對內地來說，經濟文化滯後，信息閉塞，文化水平偏低，報刊發行量小，政府不補貼很快就難以為繼。有的報刊是兩種少數民族文字合刊，如果停刊了，很可惜。臺灣地區的學者就很羨慕大陸的財政補貼政策，他們說，臺灣少數民族的新聞傳播也有人研究。2000 年全國有少數民族文字報紙 84 種，總印數 10116 億份，

平均期印數 73.89 萬份。而改革開放以來先後累計出版 144 種，如果這 100 多家報刊一直出版下去，到現在少數民族報業將是怎樣一種壯觀的景象呀！要改變這一狀況，還是那句話，認真實施黨中央西部大開發的戰略部署，從根本上提高民族地區的經濟水平，推進文化發展，帶動新聞事業。從業務上講，首先就是要推動民族新聞改革，改輸血為造血，增強民族新聞的活力。

傅寧：進行民族新聞改革應從哪幾方面著手呢？

白潤生：首先，各級各類報紙應強化服務意識，加大信息量，樹立「立足本地，面向全國，放眼世界」的開放意識，讓民族地區瞭解外界，讓外界瞭解民族地區，讓內外信息通過媒體，充分交流。這點上，《博爾塔拉報》就做得很好。它在辦好每期三種文本的國際國內時事專版的基礎上，又辦起了經濟信息、科技信息專欄或專版，並讓一些國內國際重要信息上頭版，這份報紙還主動加強同自治州內外有關邊貿部門、邊境口岸和周邊開放地區報紙的信息交流，擴大信息來源。《西雙版納報》也認識到在市場經濟下，報紙和新聞報導必須由封閉型改為開放型，應以大手筆、大主題、廣角度反映社會熱點問題，適量刊載域外新聞和域外稿件。為此，專門設立了「東南亞掠影」、「經濟信息」、「域外天地」三個專欄。這是順手拈來的兩個例子。其實很多民族地區的媒體，都在以豐富多彩的內容和種類繁多的專欄、專版、專題、專刊，吸引著不同層次、不同範圍、不同需要的受眾。大大提高了報紙的知名度，增強了競爭力。其次，在編輯技巧方面，大膽創新，力求打破傳統排版格式，使版面更有現代味，更有民族特色。比如，彝文屬於音節文字類型，也就是說一個字符即一個音節。一般來說，拼音文字在報紙的版面編排上只能橫排不能豎排，而規範彝文既能橫排也能豎排，使報紙標題醒目大方，使版面活潑美觀整齊，配上圖片、題花，用框、線分欄美化之後，更能完善地體現報紙的編輯思想和報導內容。第三就是增強可讀性，突出民族特色，是辦好少數民族新聞事業的成功經驗。

傅寧：在全球化的今天，任何媒體都面對強勢媒體、強勢文化的進攻，民族新聞事業如何抵禦強勢文化的進攻，保持自己的特色呢？

白潤生：首先，還是提高民族地區的經濟文化水平，因為中國少數民族新聞事業的興起、發展和繁榮是有規律的，這就是它與整個中國新聞事業的興衰、榮辱基本吻合，與中國政治、經濟、社會歷史的起伏變遷也是合拍的。其次，就是保持民族性，將民族性貫徹到底，從形式到內容都要貫徹民族性。

如堅持使用民族語言傳播；堅持使用少數民族喜聞樂見的傳播形式，如傣族的「甘哈」就是以說唱為主的傳播形式；堅持以少數民族同胞的生活見聞為傳播內容。堅持民族性，尊重民族文化，是保持民族性的關鍵。成功的民族新聞媒體，應是民族政策、民族觀、民族形式、民族內容、民族心理的完美融合。在一些政策的具體實施上，也要考慮民族地區的特殊情況，適當變通。我國現在已有 24 種少數民族語言的廣播節目，這些節目在民族地區具有其他語言不可比擬的優越性和親和力。新疆地區 1994 年 10 萬人口以上的少數民族都有了本民族的廣播電視，實現了各民族廣播電視的共同發展。我們不能忘記我國少數民族「大雜居，小聚居」的特點，辦廣播，辦報紙，辦各種新聞媒體，忘記了這一點，就會影響黨和政府的聲音下達到民族地區，難以實現「三貼近」。

傅寧：當前世界大國尤其是人口眾多的非單一民族組成的國家，少數民族文字報刊都比較發達，國外的少數民族新聞事業對我國有什麼借鑒意叉？

白潤生：很有借鑒意義。比如美國的少數民族文字報刊，據 20 世紀 80 年代中葉統計已有 320 多種，總發行量為 800 多萬份，讀者則是這個數字的 6 倍左右。為了適應新移民的需要，這些數字還在增加。早在 1985 年，加利福尼亞州的南部出版的越南文報刊已達 19 種。在紐約出版的德文週報《國家先驅報》已有 150 年的歷史，新澤西州的意大利文報紙《意美進步報》已有 103 年的歷史。非洲裔美國人和拉丁美洲裔美國人創辦的報紙在數量上和種類上更勝一籌。這些少數民族報刊是廣大美國少數民族獲取信息的主要渠道，並為協助這些新移民在美國安居發揮過不可低估的作用。介紹這些情況的目的只有一個：在中國，少數民族新聞事業已有悠久的歷史並受到國家的高度重視，正沿著健康的道路發展。世界上發達國家的少數民族新聞事業隨著當前國際形勢的日新月異的變化也不斷發展，日趨繁榮。如何加強不同國家不同民族之間的交流，取長補短，互相借鑒，應是我國新聞學界特別是新聞史學界必須重視的問題。

2003 年 4 月 3 日、8 日、20 日傅寧訪於白潤生家中

（原載王永亮、成思行主編：《傾聽傳媒論語》，新世界出版社 2003 年版）

白潤生教授的故鄉情懷

李麗敏

被譽為「中國少數民族新聞學開拓者」的白潤生教授，是河北雄縣人。

在我採訪白潤生教授之前，看了一些材料讓人頓生敬畏，但與白潤生教授面對面交流之後，記者覺得他是一位寬厚慈祥、儒雅謙遜的長者。與他聊上幾句之後，他那淵博的知識、生動有趣的語言，像磁鐵一樣吸引了記者。

多年來，尤其是進入 21 世紀之後，白老每年至少要到他日思暮想的故鄉走上一遭。到雄縣掃墓祭祖，去滿城探尋漢墓；欣賞搖曳多姿的荷花，泛舟在碧波蕩漾的白洋淀上；佇立西陵回眸歷史風雲，登狼牙山憑弔五壯士英靈；漫步古城保定總督署旁沉思，蓮花書院中遐想「野火春風鬥古城」！他感觸最大的就是故鄉的變化，河北的變化，祖國的變化，他對記者說，我不是作家更不是詩人，搜腸刮肚想不出恰當的詞語來概括和形容我的故鄉，他不無遺憾地對記者說，真是書到用時方恨少，但是，經濟發展和社會進步一定會讓保定在燕趙大地上寫下濃墨重彩的一筆。

年逾古稀的白教授精神矍鑠，聲音洪亮，中氣十足。我問他養生之道，他笑道：「寵辱不驚，閒看庭前花開花落；去留無意，漫隨天外雲卷雲舒！」記得他還有一座右銘：讀書教書寫書，以書為伴以書為友。記者突然明白了，他為什麼能夠做到「教一門課寫一本書；參加一次會，交一篇論文」——據說，作者出版的教材、專著、工具書共 14 部，其代表作《中國少數民族文字報刊史綱》獲北京市第四屆哲學社會科學優秀成果二等獎、教育部普通高等學校第二屆人文社會科學成果二等獎，《中國少數民族新聞傳播通史》獲第二屆國家民委人文社會科學成果獎著作類二等獎，《中國少數民族新聞傳播史》獲北京高等教育精品教材，《中國新聞通史綱要（修訂本）》被評為「中國少數民族新

聞史教學內容改革成果」中央民族大學優秀教學成果二等獎。看來，他把整個身心沉浸在書的海洋裏，以書為樂、以書為伴。

說起他的故鄉情，他動情地對記者說，「沒有改革開放，我是回不了家鄉的，更不會如此頻繁。」他壓低聲音小聲對我說，「我的曾祖父是地主成分，在極『左』的年代，株連祖輩、父輩，我這一代也不敢『輕舉妄動』，那敢到這裡來招惹是非啊！現在可好啦，教育事業大發展，我幾乎年年來保定參加學術交流活動，今年是應河北大學新聞傳播學院邀請，參加第七屆世界華文傳媒與華夏文明傳播國際學術研討會。學術交流餘暇，我與來自國內外的專家學者又一次領略了家鄉的山川風貌、風土人情。」

《人民日報》曾發表文章，認為白潤生教授的成功得益於「個性沉實」、「樸實無華」。的確，雖然與白教授接觸的時間短，但是他的平易樸實、謙虛爽朗，由衷地表達出關心故鄉發展的拳拳之心。

（原載《保定晚報》2011 年 12 月 22 日第 3 版）

潤生老師

陳莉娟

　　二〇一〇年冬，元旦，因為想考他的研究生，我扭扭捏捏發出了一條問候短信，原以為會被那些雪花片一樣的節日祝福淹沒，他只是款款說道：「謝謝你，我沒有握過手的朋友。」

　　二〇一一年秋，雲南，少數民族信息傳播與社會發展論壇。秋雨添涼，一位銀髮老者只著一件襯衣一件薄外套，活躍在論壇上下。且不說年事已高，單是舟車勞頓就讓好多年輕教師也吃不消，他卻從不遲到。他喜歡留影，記憶力也甚好，有時走著走著扭頭對旁邊的老師說道：「上次開會的照片你忘記發我郵箱了吧。」為他拍過照的老師也那麼多，也難得都能一一對號，只怕連那位老師也料想不到。我知道這位先生好腦力，竟不曾想他就是我遠方那位「沒有握過手的朋友」。我再次扭捏走向他，他驚喜地說道：「原來是你呀，我還託你們院長找過你，怕你是有什麼難處。」會議第三天，去到紅河學院聽報告，最後介紹到他時，會場響起雷鳴般經久不息的掌聲。好多同學都從座位上站起來，看看這位只聞其「聲」不見其人的「明星」。原來這麼多的同學都跟我一樣，對這個鉛印封頁的名字充滿敬意。會後，鄭保衛老師不無羨慕地對他說：「這可比什麼都珍貴呀！」

　　他的名字叫白潤生，七十三歲，今年終於退休。你聽過或沒聽過，我想記錄一個普通學生和她「老師」之間的故事。

　　說他是我的老師，他未曾直接向我授業。說他不是我的老師，他的書我又都曾拜讀，閱不釋手。作為普羅讀者，常日裏是很難將自己和作者聯繫起來的，兩者的距離遠疏於那紙書幾百頁。不想雲南一別，竟還有機會再見他。二〇一二年四月，我回母校處理畢業事宜，竟巧遇他出席母校舉辦的一個會議。

見他吧？一怕老師會議日程太忙耽誤休息，二來害羞，怕老師不記得我。不見他吧？又有一種到了簽售會現場空手而回的遺憾。會議的最後一日，班主任告訴我：「我悄悄跟白老師說你也在學校裏，他特別想見你。」晚上十點，會議結束之後，我手心裏還攥著第一次給他發短信時的扭捏，而他卻像他鄉逢舊友一般好不喜樂。我們各自聊了自己的學習和生活，一點也不生分。他儒雅，舉手談吐都是風度；他善良，總是感慨生命中屢遇好人；他謙虛，總說自己不夠聰明；他傳奇，無數次遇難呈祥化險為夷。聽他講那些不可思議的經歷，我脫口而出：「要是有機會真想給您寫本傳記。」沒想到我們不謀而合，他當即同意：「我已經醞釀好久，正缺個筆手。」眼看快到夜裏十二點了，老師第二天一早的飛機回北京，只能道別。臨別時，他與我鄭重其事地握了一個手：「我們現在是握過手的朋友了，答應的事情就要做到。」我點著頭，心裏卻打著鼓。

我只是一個普通得不能再普通的學生，何德何能擔此重任？但是海口既然誇下，就要硬著頭皮笨鳥先飛，先把老師的書再通讀一遍吧。他就像知道我的心思，從北京寄來兩本，大信封包著，字跡遒勁有力，給我無限信心。我連書名都想好了，就叫《白話潤生》。七月的重慶已經酷熱難耐，而我帶著清涼的行李和心情，踏上了北上的列車。

起初的兩次訪談都很順利，師母做的小菜也精緻可口。師母從前是數學老師，白老師是語文老師，據說每天到家裏請教問題的學生可以排到四合院外頭。談起當年的學生，兩人常常因為某一個學生的細節爭論，不過師母的記憶力似乎真的略勝白老師一籌，學生的每個細節都能如數家珍，就像昨天發生。後來去到白老師家的時候，我發現他在做一些整理工作，細問才知道在把以前的文章都轉成電子版，準備出一本文集。雖說白老師身體硬朗，但對於現代性的工具，多少還是有些生疏，打字速度也非常奇慢。我暫停了手上的採訪，幫助他整理。在書架上、地上如山一般的資料裏，要把這些材料一一收集起來，還真是請纓容易踐行難啊。還沒整理幾篇文章，我就對這樣簡單重複的鍵字工作不耐煩。但是，當我看到還有大量資料甚至還是手寫版的時候，我頓覺自己的辛苦與當時作者的辛苦相比，簡直是巫山一草。我只是簡單輸入幾個字母，而作者卻需要把大量的閱讀轉換為思考，思考再轉換到紙上，一遍一遍修改，最後再謄寫出一份乾淨清潔的成稿，我不知道這個過程，到底要花費多少心血，單是筆墨恐怕就花費了不少吧。我想起白老師有好幾個筆記本，上面都是摘抄的他接受的每一條短信，甚至還有售樓廣告等等信息。我當時就納悶，

廣告這樣的短信就沒有必要抄寫了吧。但是，他告訴我這麼一個故事：「以前沒有電子版的時候，《人民日報》每一期的收藏工作需要耗費大量的空間，有人就提出可以把廣告的部分刪減掉，但是後來沒有這樣做，因為沒有了廣告方面的信息，那以後研究廣告的師生就少了很多資料。」

在北京的兩個月，雖然沒有完成自己預定的計劃，但我仍覺慶幸，慶幸自己有這樣的經歷，從字裏行間去見證一個學者孜孜不倦的一生，這也算是為他寫傳記所必備的一個過程，雖然直到我離開北京，餘下的工作還有大批。都說做老師難，做歷史老師更難，做歷史的研究者最難，帙卷浩繁的資料和枯燥性使得史學類的課程常常不受學生青睞，但白老師的課卻可吸引許多其他院校的學生慕名而來並以「粉絲」自稱，天南海北，走到哪裏都是掌聲雷鳴。除了對新聞史窮盡一生的奉獻，我想更重要的是作為一個人民教師，老師的名在他身上得到了極佳的彰顯。離開北京那天非常應景地下起了雨，我跟白老師道別，他無論如何要給我踐行，我堅持說不必。趁他進房間換衣服的時候，我逃走了。為了怕他追下來，我把上行的電梯每一層樓都按了一遍，以便拖慢他的速度。誰知道，他竟還是追了出來。他打電話叫我等等他，說馬上就撞上我了，我撒謊說自己已經上車了，他好像聽出我在撒謊，還是不肯放棄。雨天路滑，我實在不忍心讓他多走，便折回去迎他。他連傘也沒撐，那一刻我覺得自己是全世界最不懂事的學生。在我的堅持下，這最後一頓飯還是沒吃，他送我到地鐵站，目送我進去，留下我滿心的溫暖和一整個北京的留戀。

教師的之教，不在嗡嗡課堂，不在三尺講臺，而在竹林山水、筆尖案頭。教師之師，不在默默書本，不在紅紅勾叉，更在為人處世、謙卑向上。他的所作所行，正像他的名字一樣，潤生潤生，雨潤萬千學生。

（原載《中國文化報》第 234 期總 6467 期，

2013 年 9 月 24 日第 3 版美文副刊；

2013 年 1 月 10 日第 215 期總第 1418 期，

周 993 期《中央民族大學校報》第 3 版以《吾師印象》為題轉載此文）

中國新聞史是中華民族新聞史
——訪中央民族大學教授白潤生

陳　娜

白潤生（右）老師與陳娜（左）合影

　　白潤生善於自嘲，這一點有些特別。他回憶自己「一生磕頭磕得最多」，他形容自己「上大學時老實得近於窩囊」，他評價自己「一瓶子不滿，半瓶子桄蕩」，他總結自己「沒想到能活過古稀」……這位新中國對少數民族新聞研究貢獻卓著的長者，對於生活、對於命運，有著毫不諱言的感恩和敬畏，字裏行間平實謙和得令人感動。這不由得使人想起了那句：「堅強得像一株蘆葦」。

　　多少年來，白潤生保持著「參加一個會寫一篇文章；教一門課寫一本書」的作風，走到哪裏他都不忘「扛穩少數民族新聞研究這面旗幟」。如今，這位40餘歲才步入新聞學大門的古稀老人，以驚人的毅力和熱情，完成了20餘部著作的編著、參編以及百餘篇論文的撰寫。他並非少數民族，卻已然成為中國少數民族新聞研究的代名詞；他為人不事張揚，卻不止一次地苦口疾呼，「不懂得本民族的歷史是一個很大的缺憾，中國新聞史就是中華民族新聞史」。

「上大學以前，我基本沒吃過早點」

　　白潤生的童年顛沛得有些離奇，6 年的小學，他先後更換過 6 所學校。究其原因，用他的話說，「每次『擇校』的標準都是學費要足夠的低廉」，「這都是因為時代環境和貧窮造成的」。

　　「我出生在 1939 年，祖籍河北省雄縣，我基本上是在北京長大的，曾祖、祖輩在北京開過雙盛和玉器作坊。我的祖父 27 歲就去世了，我的父親 4 歲沒有了父親，19 歲沒有了母親，到他這一代時，家道中落，所謂『地主兼資本家』的老白家已衰敗得一貧如洗。」解放前，白潤生的曾祖母去世，作為在農村老家唯一的嫡傳男孩，他「戴孝」「磕頭」「舉幡」「安葬」，送走了曾祖母，他隨後就被父親接到河北保定上起了小學一年級。「我在那兒插班上了一年級，大概到 1947 年底 1948 年初，我來到北京，也是為了上學。來京上的第一所小學在花市東大街，名叫穆德小學〔註1〕，是所回民小學，我在這裡插班上的二、三年級。北京剛解放的時候，我又到了花市中三條一家私立學校上四年級，叫敦本小學，一兩年前我查閱資料時得知末代皇妃文繡也在這裡上過學。這所學校條件是比較簡陋的，在一個四合院裏，一、二年級一個教室，三、四年級一個教室，屬於複式教學。上五年級，轉到了公辦小學，我考上了坐落在崇文門外花市大街南邊抽分廠胡同的求智小學，在這裡又上了半年。五年級的下半學期我又到了匯文中學附屬義務小學，這所學校是由匯文中學的學生利用週日和每天下午課後義務教我們，不要學費。但是不知道什麼原因，這所學校在我五年級結業時就不辦了。這時候我又考入公立的江擦胡同小學，總算高小畢業啦。」

　　白潤生接著說：「我小學畢業以後就考上了十一中，這所學校是北京市人民政府建的。崇文門外金魚池一帶是窮苦人聚居的地方。新中國成立後，人民政府把解決勞苦大眾的民生問題放在了首位，不僅在金魚池建房修路興建市政設施，而且把解決勞工子弟教育問題當作大事來抓。十一中就是在這一背景下創辦的。可以說我正是沾了社會主義教育制度的光，才有機會成為北京市第十一中學最早的一批學生之一。」1952 年至 1958 年，家境貧寒的白潤生在新中國的庇護下，走完了中學 6 年的求學路程，也正是在這個階段，他的人生觀

〔註 1〕穆德小學是一所百年老校，現在叫東花市回民小學，成立於 1911 年，當時是為了幫助花市大街的貧苦回民子弟能夠上學念書，由著名京劇表演藝術家馬連良先生、侯喜瑞先生帶領同仁唱搭桌戲，並聯合了一些在花市大街做買賣的回民老表共同捐資興建的。

經歷了最早的薰陶和洗禮。

「我的中學班主任叫臧懷傳，6 年中對我的幫助教育最大。初中時臧老師就到過我家家訪，對我的家庭情況瞭如指掌。那時候我是家裏的老大，下邊還還有兩個弟弟（有一個弟弟送給了姑姑，並不再姓白），四個妹妹，全家十來口人，全靠父親一人做文具，就是那種中小學生美術課上用的『十二色』，勉強維持生活。上大學以前，我基本沒吃過早點，有時有點頭疼腦熱的向家裏要上兩分錢喝一碗豆漿。在臧老師的幫助下，我初中享受了減免學費，高中又享受了一個月八九塊錢的甲等助學金，我還拿回來貼補家用。在潛移默化中我逐步對中國共產黨的政治綱領、性質、任務有了初步認識。『沒有共產黨，就沒有新中國』，共產黨、毛主席是全國人民的大救星，這些樸素的情感在我們這一代年輕人的心靈裏扎下了根。」對於這段過往，白潤生心中充滿了感念，「十一中對我的影響很大，我和臧老師現在還保持著聯繫，後來我為什麼熱愛教育事業，就是因為看到了老師對學生的言傳身教，讓我認識到了人民教師的崇高和光榮」。

2010 年，白潤生在北京市第十一中學 60 週年校慶之際，以 58 屆畢業生的身份為母校寫下了一篇回味深長的《回憶十一中》，在這篇文章中，他列舉了諸如數學老師臧家佑、語文老師劉慧義、植物學老師李炳鑾、動物學老師劉賓虞等功底紮實、學識淵博、富有教學經驗的優秀教師，感念他們點燃了自己、照亮了別人的高尚品德。他說：「說到底是十一中培養了我、教育了我，使我走上了教書育人的光榮崗位，成為一名人類靈魂的工程師。」

「我是由國家培養的」

高中畢業後，白潤生考取了北京師範學院〔註2〕中文系，他至今仍覺得這是天意的安排，想當初，一念之差這位寒門子弟或許就與其後的人生失之交臂了。

「當時家裏不讓我再上學了，讓我工作，好幫助家裏。我在結束課程之後就沒再看過書，一直在家裏幹活。後來也不知是誰替我交了報名費，讓我考一考試試，我就去了。」讓白潤生沒有想到的是，考試之前一天書都沒有翻過的他，在進考場前隨意翻看的歷史題目，居然生生地出現在考卷上。對於白潤生而言，這巧合更像是一種命運的暗示。「考試結束後我沒有像其他人盼著早日發榜，早日進入大學校園。我還是該幹活就幹活，有招工的就去應試。

────────────

〔註 2〕現名「首都師範大學」。

偏偏就在這個時候等來了錄取通知書，我被北京師範學院中文系錄取了。這真是天意！」

1958 年，白潤生的大學生涯正式拉開了序幕，而對於報考師範學院的理由，他的回答流露著一些時代的共性：「一是家庭經濟困難，上師範不交學費，管吃管住；像我這樣的貧困生，學校還發給一年四季的服裝，每月都發助學金。再一個更重要的原因：6 年的中學生活，早已使我認識到了做人民教師的光榮。」

回憶到這裡，白潤生愈發心懷感恩，「上大學以後春夏秋冬的衣服，學校都發給我了，還給我每月 4 塊錢的補助。那時候在學校吃飯不要錢，我終於可以吃上早點了，饅頭、米飯、花卷、包子，各式各樣的糕點、美味佳餚，什麼都有，我覺得像是到了天堂。有時候想想家里正吃什麼，父親母親正吃什麼，心裏頭不是滋味。總之，我是由國家一手培養的，我感激『黨給了我讀書深造的機會』」。

大學期間，白潤生把省吃儉用擠出來的零花錢都用在了買書上，「在師範學院讀書的時候，我就是逛書店多，一開始不買書只看書，後來有了助學金，省下的錢就買。我畢業的時候裝了一箱子的書，都是省吃儉用買來的」。那個時候，花市新華書店的工作人員都認識了這位勤奮憨厚的小夥子，在那個家徒四壁、窩頭鹹菜的年代，逛書店、買書、讀書成為白潤生最幸福的生活片段，也造就了他篤守至今的喜好。「有一次我買了一本《康熙字典》，託著就回家了，走到門道恰好碰見了我的母親和街坊，我母親跟旁人說，『我兒子就喜歡這個』。所以說，讀書、教書、寫書，一直是我的座右銘，有人說『讀書無用』，但我覺得讀書應該是很有用的。書讀得精、讀得好了，那就一定會有用的，而且會有大用處。」

如今，白潤生在北京的家中還有滿滿一書櫃當年在師範學院求學時買下的藏書，這些幾乎是從牙縫中省出來的書卷已然是老一代知識分子心中最珍貴的記憶。「艱難困苦，玉汝於成」，那泛黃塵封的書頁不僅濃縮了白潤生清苦拮据步履蹣跚的過往年華，更像是一枚無形的印章，烙刻且印證了他與未來人生的莊重約定。

「搞新聞學，我是末路出家」

1962 年，從北京師範學院畢業後，白潤生被分配到了新建校的北京 107 中學擔任初中語文老師，直到 1978 年經同事推薦，調到工人日報社擔任編輯。

「我這位同事原來是從全國總工會下放的，歲數比我大，他知道我以前寫過一本《文言虛字》，在大學時與同學們一起編過一本《工礦歌謠》。在一次聊天中，他說介紹我去工人日報，那個時候《工人日報》剛復刊，需要人，經過報社一番考察，我被調入工人日報社。」儘管報社的工作不像在學校那樣自由，但白潤生很快便適應了這裡的節奏，他覺得這份工作不錯，在這兒學到了不少寫作知識。只是沒有想到僅僅一年後，他的人生軌跡再次悄然發生了轉變。

「我在 107 中學的一位同事的愛人當時在中央民族學院〔註3〕任教，他是從他愛人那兒聽說了我在中學時講課、做學問的情況，有一次見面，大概是春節老同事相互拜年，她就對我說，讓我去民族學院教課。實際上當時就是聊天，沒料到 1979 年，我就正式調入中央民族學院漢語系擔任寫作課教師。」剛進入民院的白潤生對大學教師的崗位充滿了崇敬，他說：「大學裏藏龍臥虎，著書立說談何容易，我調入民院後首先問人家我能當講師嗎？對我來說，當教授那在當時是想都不敢想的。」

從中學教師到報社編輯再到大學教師，此時的白潤生早已揮別青春進入了不惑之年，「這是什麼概念呢？人過四十天過午，40 歲是最鼎盛的時候，就像太陽當空照，40 歲以後太陽就該慢慢往下落了。現在想來，我在 40 歲的時候都還不知道新聞史是什麼意思，總之稀裏糊塗的，對於新聞學還什麼都不知道」。

1983 年 9 月，中國人民大學新聞系舉辦教師進修班，曾在報社工作過的白潤生被正在籌建新聞專業的民族學院漢語系派去進修。「我到人民大學進修了一年，學新聞史、新聞理論，主要是進修中國新聞事業史，師從方漢奇、陳業劭兩位著名教授。我那時候是班長，因為班上我歲數最大，時年 45 歲，所以人家說我半路出家，我說是末路出家。」為了學好新聞學，白潤生下足了工夫，「為了學懂學好這門課程，我除了認真聽課和學習外，還利用課餘時間，時常造訪方先生。從北大，再到人大林園，直到現在的宜園，他的幾個住所，我都不止一次地叨擾，請他指點。從新聞學的 ABC 問起，從 ABC 學起。在方老師耐心的指導下，我終於一步步邁進了新聞學的學術殿堂」。

1984 年，經國家教委批准，中央民族學院創辦了學制四年的新聞專業，由漢語言文學系（後曾改名中國漢語言文學系，簡稱中文系）領導。從人民大學進修回來的白潤生就此投入了中央民族學院新聞專業的創建，成為新聞專

〔註 3〕現名「中央民族大學」。

業僅有的兩名教師中的一員。白潤生坦言，正是在人大進修班的經歷讓他不僅接受了新聞學的啟蒙教育，更讓他在方漢奇先生的點撥下，決定把少數民族新聞學作為自己的研究方向。

「1984 年我回來講課，一開始講的是新聞事業概論，不是新聞史，那時候還沒有開這門課，第二年才開中國新聞史的課。講什麼呢，我還沒有備好課，沒東西可講啊，就讓人民大學的谷長嶺老師代課。當時來這兒念書的學生基本上都是少數民族，他們將來需要回到民族地區工作，但我發現新聞專業開設的課程中沒有一門是有關民族的，我讀過的那麼多新聞史書中也沒看見哪本寫少數民族，我覺得這是不完整、不科學的。不懂得本民族的歷史是一個很大的缺憾，中國新聞史就應該是中華民族新聞史。」

正是在這樣的反思和感召下，為了彌補這個缺憾，填補這塊空白，年近半百的白潤生開始了他在民族新聞學領域「末路出家」的艱辛跋涉，「要有少數民族的新聞史，這說得容易，但你往哪兒搜集材料去？沒有啊，太不好找啦」。

「『少數民族沒有新聞』，這句話對我是激勵」

史料搜集的過程是艱難的，白潤生把這個過程比喻為「尋找散落民間的珍珠」。「確實是珍珠，很珍貴，但你拿不到，至少不容易拿到。因為很多少數民族新聞史料都在邊遠地區，由於經歷了戰亂、『文化大革命』，當地又缺乏保存史料的意識，所以損失都很大。」為了挖掘民族新聞史的一手資料，白潤生沒少費過工夫，「有時候開學術會議，凡是見到從民族地區來的人，我就會向人家要點材料。即使是『口述歷史』，也要將其挖掘出來，這就是所謂的『掏』；因為當時沒有科研經費，就直接給民族地區的報社發信要材料，這就是所謂的『討』。但是追著人家『討』，人家也不一定給，發出去的信給我回覆的也不到30%。這些史料太有限了，說實話有時候連一篇文章都很難組成」。

白潤生回憶說，當年剛開始從事民族新聞研究時，有人對他說「少數民族沒有新聞」，這給他留下了很深的印象。「當時確實搞不出東西來，沒有東西，人家跟我說這個，也不能怨人家，但我覺得這句話對我不是打擊，反而是一種激勵。」

不僅是民族新聞的史料很難搜集，對於如何帶好新招的研究生，白潤生也曾經一籌莫展。「我 48 歲當的副教授，後來要帶『當代民族報刊研究』方向的研究生，我開專業課的時候就只好跟我的兩個研究生說『我沒東西可講，最多

給你們講講新疆內蒙古」。話雖這樣說，但不能真不做準備，就這樣，我和兩個研究生開始了書稿的籌劃，我擬大綱，寫講義，他們謄抄，這就是後來來出的《中國少數民族文字報刊史綱》。」對於這一段歷史，在一篇採訪白潤生的文章中曾經這樣描述：「從此民族大學的教室、圖書館、資料室、窗邊林下就多了一大二小三個求索的身影。三年後，兩個學生寫了兩篇有價值的論文，白潤生出了一本有影響的專著。這本書在民族地區被奉為圭臬，並先後兩次獲部委級獎。」〔註4〕篳路藍縷，以啟山林，不親歷個中冷暖的人又如何領受這寥寥幾筆間勾勒的是怎樣的一種清苦，怎樣的一種執著，怎樣的一種堅守。

　　白潤生說：「那時候文章寫得不好，這不是謙虛，一是資料很少，二是怎麼寫也不知道，就有什麼寫什麼，研究也不是很深入。當然，不是說就沒有研究，一點沒有恐怕也出不來專著，但關鍵我覺得得有史料，得把史料保存住，否則你自己也沒法往下研究。」

　　然而，除了史料搜集的艱難，少數民族新聞史研究的另一個特殊性還在於：少數民族語言文字的屏障。「我在主編國家『十五』社科基金項目《少數民族語文的新聞事業研究》最終成果之一《中國少數民族新聞傳播通史》的時候，有人交來厚厚一本關於朝鮮族新聞史的稿子，全都是朝鮮文。我就找朝鮮語言文學系的領導、研究生給我翻譯。中央民族大學這方面的人才很多，不僅是精通，有些老師在國際上都很有名，他們也很願意幫忙。這也是我說的，研究少數民族新聞學時遇到任何問題可以隨時向他們請教，即所謂『就地取材』。但問題是，翻譯完之後還存在一個問題：翻譯的差異和核實。」白潤生耐心地舉出例子，「比如說有一本少數民族期刊，有資料把它寫作《蓓蕾》，此時把它譯成《花骨朵》，到底應譯作什麼？這就需要我們認真核實查對，這方面的工作甚至比請人翻譯還難。」

　　就是在這種困難下，白潤生一步一叩首地完成了大量少數民族新聞史料的翻譯、梳理和研究工作，先後獨著或以第一作者與人合作出版了14部書，其中最薄的近10萬字，最厚的多達90萬字。當年那句「少數民族沒有新聞」的說法，早已在少數民族新聞學研究者們的共同努力下成為歷史。

　　值得注意的是，白潤生的書很少用「著」，大多都是冠以「編著」。對於此，他總結道：「把他人的『史料』拿過來寫到自己的著作中，無疑，這屬於『編』；

〔註4〕見傅寧：《白潤生：手持木鐸的采風者》，《白潤生新聞研究文集》，中國文史出版社2004年版。

從眾多的史料中分析研究提煉的觀點，則屬於個人的研究成果，應該稱『著』。我主編的幾部書並非沒有『著』，但『編』也好『著』也罷，即便便對別人的文章修改加工得面目全非，也不能在人家的文章上署上自己的名字。」對於這些研究成果，白潤生很慎重地說道：「史學著作是對過去實踐的總結與概括。這種『總結』與『概括』必須『以事實為基礎，以史料為依據』，只有這樣，新聞史才能彌足珍貴，才能指導實踐。」

「我的成果大部分是六十歲以後問世的」

回顧已走過的新聞學術旅程，白潤生感慨頗豐。「我 1983 年入門，1984 年進修班結業後登臺講新聞學的課程，1985 年開始形成了要從事少數民族新聞史研究的設想，直到 1988 年我的那篇《先秦時期兄弟民族的新聞與新聞傳播》〔註 5〕在學報上發表，標誌了我研究少數民族新聞史的開始。1994 年，我的《中國少數民族文字報刊史綱》出版，這是一本在國內出版最早的關於少數民族新聞史的專著之一，在學界和社會上都有較高的評價。1996 年我評上了教授，也正是在這前後，開始有人寫我的專訪了，包括中國青年報、中央人民廣播電臺、人民日報、中國民族報、中國文化報等都有記者找到我。1998 年我在新華出版社出版了《中國新聞通史綱要》，寧樹藩教授專門寫信給我評價說：『頗有見解，深表同意。』此後我又陸續出版了一系列民族新聞史研究的論著，我是 2002 年 6 月 26 日正式退休的，當時已經 63 歲了，可以說，我的成果大部分都是在 60 歲以後出來的。」

這是一個很特別的現象，有學者曾經根據 16 世紀到 20 世紀知識分子的學術生產力與學術年齡比照進行過抽樣研究，結果發現 500 多年以來，知識分子們發表重要學術著作的平均年齡大約在 35～50 歲之間，並且越往後越趨於年輕化。而對於白潤生而言，他似乎是一個特例。2005 年，白潤生的《中國新聞通史綱要（修訂本）》獲中央民族大學「中國少數民族新聞史教學內容改革成果」二等獎；2010 年，他的《中國少數民族新聞傳播通史》獲第二屆國家民委社會科學研究成果二等獎；2011 年，《中國少數民族新聞傳播史》獲北京高等教育精品教材獎；2013 年，由白潤生主持的國家「十五」社會科學基金項目《少數民族語文的新聞事業研究》最終成果之一《當代中國少數民族新聞事業調查報告》又榮獲了第六屆高等學校科學研究優秀成果獎三等獎。白潤生笑

〔註 5〕載《中央民族學院學報》，1988 年第 1 期。

道：「這些成果要是在我在職的時候獲得，至少可以評上幾級教授了。但我退休時教授還沒有分四級評定的制度，現在看來我就是最末等的教授了。」

2012 年 7 月，白潤生送走了 3 位關門弟子，徹底結束了鍾愛的教學生涯，他說自己非常慶幸，因為真的響應了當年黨和國家向他們這一代人發出的號召——為祖國健康工作 50 年。白潤生說，雖然離開了工作崗位，但並非真的可以「一身輕」，他表示自己「依舊孜孜以求，不斷用知識和實踐來豐富生活、滋養靈魂」。「不是為了評職稱，也不是為了要名利。為了學術，為了學科建設，為了發展這門學科，我的目的很純正，這是我的責任。有一次我到雲南紅河學院參加第三屆少數民族地區信息傳播與社會發展論壇，沒想到我這個忝列末位的教授居然贏得了潮水般的掌聲，『金杯銀盃不如百姓的口碑』，有人說我的貢獻和我的回報並不一致，但是我沒有怨言，因為付出是應該的。我何嘗不知道退休後出版多少著作也不能晉級當先進工作者呢？但我認為，『道義至尊，真情最美，正直可貴，奉獻崇高』，心理上的平衡比物質上的或其他外來的平衡更可貴。」

「民族新聞學的發展急需人才梯隊」

白潤生在 20 餘年的民族新聞史研究生涯中，總共培養了碩士研究生整整 60 人，他們中有錫伯族、土家族、布依族、回族、彝族、瑤族、蒙古族、哈薩克族、滿族、漢族等等，絕大部分來自少數民族地區。而這樣的規模和貢獻，在整個新中國新聞教育史上都是比較特殊的。白潤生說，學術研究就是要「求異」，不能「求同」，就是要創新，要有創見。他對學生的要求也是得有思辨能力，要能夠獨立思考。「年輕人必須自己掌握了這門學問，才算真正有力量，真才實學、內外一致，這樣的人才是有價值的。」

對於學科發展與人才培養的問題，白潤生不無憂慮，「新聞傳播學本來就是一個小學科，民族新聞學更小，它還沒有形成一個獨立的學科，就是因為在人才培養方面還沒有形成梯隊。事實上，目前國內從事民族新聞學研究的知名教授、專家也不是沒有，比如中國傳媒大學的張燕（藏名益西拉姆），西藏民族學院的周德倉，大連民族學院的于鳳靜等等，但是畢竟沒有形成一個完整的梯隊。有一次我去新疆開會，一位老師就對我說，『白老師，您都幹到這份上了，得有接班人啊』。實際上，要真正把學科發展起來，還得靠人才培養。」

正如白潤生所考慮的，中國的民族新聞教育始於 20 世紀 30 年代末，1939 年，新疆日報社舉辦了三期新聞技術訓練班；1956 年，拉薩木汝林卡（今拉

薩一中）開辦了三個班的新聞訓練班；1965 年，由西藏日報社舉辦，中央民族學院代培的新聞訓練班共培養了 47 名學員，這些都是我國民族新聞教育的雛形。而比較正規的民族新聞教育還要從 1953 年內蒙古蒙文專科學校和 1961 年中央民族學院新聞研究班的開辦算起，直到 1984 年中央民族學院新聞專業的成立，民族新聞教育的發展才開始蹣跚起步。經過幾十年的發展，儘管民族新聞傳播學的建立拓寬了新聞傳播學的研究領域，但時至今日，其自身的學科基礎仍然比較薄弱。

「第一，我們的學科還沒有真正獨立，民族地區民族院校少有從文學中獨立出來辦學的；第二，我們的學科還沒有博士學位授予權。雖然現在有一個少數民族新聞傳播史研究委員會，但是如何把大家的力量集中起來，如何進一步培養和發展，還是一個問題。少數民族新聞史研究人才的斷層，是目前最大的難題。」聊到這裡，白潤生似乎有些無奈，「我現在雖然退休了，但是比沒退休前更忙，這半年來先後到了青海、黑龍江（還去了一次俄羅斯）、內蒙古、新疆、南京，有些科學研究，我只能自己去幹，沒有博士生，派不出別人來，這不是什麼好事。目前國內所有的民族院校都沒有少數民族新聞學的博士點，所以說民族新聞學研究的發展還是任重道遠，不那麼容易。」

今年 74 歲的白潤生精神矍鑠、談笑風生，他說自己的身體是「逆向發展」：年輕時未老先衰，老了卻老當益壯。訪談末了時，他感慨道：「我們這代人確實是黨怎麼說就怎麼做，老老實實聽黨的話，老老實實按照國家的要求去辦。國家的發展必須得靠年輕人，所以我希望現在的年輕人不要去追求過往雲煙的虛浮名利，得把青春真正獻給自己的國家。」

從貧窮凋敝的舊中國一路走來，白潤生可謂遍嘗了生活的磨礪和苦頭，然而透過他對過往的回溯，苦難似乎不是回憶的主題，相反，卻滿是遍布人生的驚喜、感恩和知足。就像他在少數民族新聞史這片無窮廣袤卻相對偏僻的園地中勤勉、高產與樂此不疲的堅守，相信在中國新聞學術史的集體記憶與書寫中，那張屬於白潤生的畫像，縱然平實、謙謹，卻終將不會被忘卻、不可被繞過。

注：本文為國家社會科學基金青年項目《當代傑出新聞學者口述實錄研究》的階段性成果之一，項目批准號：10CXW001；特別鳴謝天津師範大學新聞傳播學院 11 級學生崔博翔為本文整理原始錄音素材。

（原載《新聞愛好者》2013 年第 11 期總 431 期）

白潤生：篳路藍縷・以啟山林——少數民族新聞傳播教育家白潤生教授訪談錄

毛湛文、馮帆

一、少數民族新聞傳播教育的領路人

問：您是中文系畢業的，又當過中學教師，是什麼契機讓您成為一名大學教師，轉入了當時並不算熱門的新聞學教育領域？

答：1962 年，我從北京師範學院畢業以後，被分配到新建校的北京 107 中學擔任初中一年級的語文老師和班主任。在十六年中學的教學生涯中，我曾以古典文學教材為研究對象，整理編寫了《文言虛字》、《古典文學作品選講》等。中學的基礎課教學為我後來在高等學校從事教學與科研積累了經驗。1978 年

經同事推薦，我被調到《工人日報》社擔任編輯。報社每天早 8 點上班。部門首先評論當天新出版的報紙，包括版面的編輯、欄目的設置、新聞報導文章的篇章結構、標題的製作、語言是否通順、標點正確與否、圖片和照片位置是否合適是否清晰等等。每個人可對當天的報紙進行點評，自由發表意見，同時可以個人或集體的名義，把意見張貼在樓道的一面牆上。那時，我每天搬一把椅子坐在那裏記錄學習，並把我的學習記錄一直保存到現在。這一評報活動，使我受益匪淺。這可能是我到中央民族大學後敢於登上《新聞寫作》等課程講臺的一個原因吧。

由於我的一位同事的先生在中央民族大學任教，對我在中學講課、做學問的情況也有所瞭解，因此推薦我去那裏教課。1979 年，我正式調入中央民族大學漢語系任教。1983 年 9 月，發生了一件改變我教師生涯的事，我有幸到中國人民大學新聞系的教師進修班進修了一年，主要進修中國新聞事業史方向，師從方漢奇、陳業劭兩位教授。雖然我之前在報社工作過，但對新聞理論、新聞史卻是兩眼一抹黑。為了學好新聞學，我經常請教方漢奇、甘惜分等老師。在他們的幫助下，我才算一步步踏進了新聞學研究領域。當時我已經 45 歲了，有人說我搞新聞學是半路出家，我說我是「末路出家」才對。總之，我是懵懵懂懂走進新聞學的教學和研究領域的。

問：有人形容中央民族大學新聞學專業剛建立時的狀態是「一窮二白」，請問您為此做了哪些貢獻？

答：1984 年，經過國家原教委的批准，中央民族大學開始創辦新聞學專業。當時什麼都沒有，最主要的問題是缺乏師資。起初只有一個教研室主任（她是系校領導特意從國際廣播電臺請來的）和一名任課教師（也就是我）。為了發展這個專業，我們到處招兵買馬。但由於種種原因，沒有一個人留了下來，教師隊伍始終不穩定，所以我基本教遍了傳統新聞學的課程。

我從中國人民大學進修回來後，教授《新聞事業概論》。後來我們又相繼開設了《中國新聞史》《新聞採訪學》《新聞寫作學》《廣告學》等課程。中央民族大學新聞學專業從創建起，就始終把學科建設與人才培養結合起來，始終以為少數民族地區培養新聞人才為宗旨和任務，並在教學過程中注重對教學內容的改革和創新，在新聞學的教學中又逐步添加了少數民族新聞相關的內容，並確立了將「少數民族新聞傳播研究」作為一個特色方向輻射到教學和科研當中。

「一窮二白」的狀態其實一直持續到 2001 年左右。當時我們申請碩士學位點，至少得有三名師資。經過商量，少數民族新聞史方向由我牽頭，少數民族廣播電視方向由張芝明老師牽頭，新聞理論方向由當時準備調入我校的董煒老師牽頭。跟跟蹌蹌地落實了三個方向的帶頭人，勉強填寫了申請材料，才申請下來碩士點，可以說是非常不容易了。2001 年後，中央民族大學逐年有新老師加入，新聞傳播的師資隊伍才漸漸完善起來。最近這幾年，民大的老師們正齊心協力朝著申請博士點努力，我也會一直注視著他們。

問：您是講授中國少數民族新聞史的第一人，也是招收此方向研究生的第一人，您是如何開展研究生教學的？有什麼心得？

答：首屆「少數民族報刊研究方向」的碩士生是 1989 年 9 月入學的。2012 年 7 月我送走了三位關門弟子，算起來總共帶了 60 名研究生。他們其中有土家族、布依族、回族、彝族、瑤族、蒙古族、哈薩克族、滿族、漢族等等，絕大部分都來自少數民族地區。在教學過程中，我主要有這樣一些體會。

首先要堅守民族特色。我之前說，本科生的培養要與少數民族的發展需要緊密相連，研究生的培養更要如此。他們的培養方案決不能照搬其他院校新聞專業的現成經驗，而是要走出自己的路，辦出自己的特色。當時，中央民族大學新聞學碩士的課程除了國內大多新聞院系已開設的主幹課程外，還開有民族特色選修課和專業課，如《中國少數民族新聞史》《中國少數民族新聞學概論》《民族攝影學》《影視民族學》等。課程涵蓋了理論、史論、實務各個方面，直接體現了民族新聞教育的特點，帶動了民族新聞傳播研究的開展。

其次是改進教學方法。21 世紀初，我給研究生開了一門《中國當代新聞史專題研究選講》。這門課最初共分改革開放以來中國新聞事業的經驗、少數民族新聞的發展、范長江專題研究等專題。專題不是很多，但有點有面，有史有論，有述有評。授課方式分幾個類型：有的專題由老師獨講，然後大家分組討論、推舉代表就此做專題發言、形成論題；有的專題則由老師主講，並讓部分感興趣的同學上臺助講；有的專題則完全由同學們獨立完成講授、討論、總結成文。最為重要的是，每一堂課上，同學們都可以自由發表看法，並對他人（包括老師）的發言提問、質疑或點評。這樣的方式極大調動了學習的積極性。每學期的選題都有所調整，但每一屆研究生都對這門課程評價很高。總之，我的出發點是教會學生一種研究學問的精神和思維方式，而這是研究生學習階段最需要的。

最後，還要加強社會實踐。新聞學本身就是一門應用性很強的學科，培養少數民族新聞工作者更要在新聞實踐和社會調查中鍛鍊他們的能力。20 世紀末至 21 世紀初，中央民族大學新聞學專業為學生提供了一系列實踐平臺，且非常重視研究生長達兩三個月的實習和社會調查。比如，1993 級新聞班與中國人民大學新聞學院聯合創辦了《聞新報》，該報自編、自採、自辦發行。此外還組織和鼓勵學生在校內報刊和校外新聞單位進行短期實習。目前，我帶的研究生中已經有很多人奮戰在新聞工作的第一線了。他們是民族新聞事業的新生力量，為少數民族地區的新聞事業做出了不少貢獻，受到各新聞單位的歡迎，成為那裏的骨幹、領軍人物。事實證明，這樣的辦學方向和方法是很有效果的。

二、少數民族新聞傳播史研究的奠基人

問：您是如何關注到少數民族新聞史研究的空白點的？是因為進入了中央民族大學任教的關係嗎？

答：我是進入中央民族大學以後才關注少數民族新聞史研究的。1984 年我剛開始教授本科生，講的是新聞事業概論。1985 年新聞學專業才開設新聞史課程，但當時我還沒有備好課，就讓人民大學的谷長嶺老師代課。在教學過程中我發現來中央民族大學念書的大部分是少數民族的學生，他們將來還要回到少數民族地區工作，可是我發現新聞專業開設的課程中沒有一門是關於少數民族的，我讀過的新聞史書中也沒有哪本寫到少數民族，我覺得這是不完整、不科學的。不懂得本民族的歷史是一個很大的缺憾，中國新聞史應該是中華民族新聞史，所以我有了研究少數民族新聞史的構想。

1988 年，我發表的《先秦時期兄弟民族的新聞與新聞傳播》一文，被中國人民大學書報資料中心《複印資料新聞學》1988 年第 1 期全文轉載，引起了學術界對少數民族新聞史的關注，可以算是我正式踏入少數民族新聞史研究領域的第一篇論文。

問：《中國少數民族文字報刊史綱》稱得上國內最早關注少數民族新聞史的著作，也是您的代表作，請問您是如何收集資料並編撰出這本著作的？

答：20 世紀 80 年代以後，國內開始有人對少數民族新聞史進行探討，比如馬樹勳先生。但當時大多數研究僅限於一兩個地區或民族，不系統、不深入。我的研究可以說是在前人的基礎上做了一些系統化的工作。這本書原是我為

中央民族大學當代民族報刊史方向第一屆碩士研究生準備的教案。我48歲才評上副教授，後來要帶當代民族報刊研究方向的研究生，怎麼帶、怎麼教我也一直在思考。上課的時候我和我的兩個研究生說「我沒東西可講，最多給你們講講新疆日報、內蒙古日報」。話雖這麼說，但我總不能什麼準備都沒有。我和我的兩個研究生就開始了書稿的籌劃，我擬大綱，他們膽寫，就這麼寫出一本《中國少數民族文字報刊史綱》。

說起如何收集資料，我認為當時應該更像是在乞討。1985年以後，我向少數民族地區發了上千份問卷，但是回收率不足三分之一。一個原因是少數民族多在邊遠地區，幾經戰亂和文革，散失很多資料；另外一個原因是有的少數民族群眾意識不到資料的珍貴。即使如此，我也收穫很大。此外，還有一些辦法是自己去民族地區開會的時候去「淘」、向少數民族學者、學生請教「索取」。把收集到的資料一一整理好之後，翻譯是另一個難題。這些年我不知請教過多少少數民族學者、學生，真可謂數不勝數。

問：您對目前的少數民族新聞傳播歷史和理論研究有何建議？

答：少數民族新聞研究越來越受到大家的關注，成果種類豐富，數量多。在互聯網時代如何認識中國少數民族新聞傳播史研究的意義，如何更好地將這一研究與國家層面的戰略構想結合起來，是當前學術研究領域的一個重大課題。

首先，在新的形勢下，少數民族新聞研究領域面臨新的問題，必須要有新的面貌。趙玉明教授說過，無論研究什麼新聞史都要「學習新理論，登上新時代」「抓住新機遇，提出新課題」「運用新技術，挖掘新話題」「探索新思路，提煉新總結」「倡導新評述，開創新水平」。趙老師所提出的建議對研究少數民族新聞史，開創新局面很有幫助。

其次，要加強對史料的整理。研究少數民族新聞史，大量的史料文獻和具體詳實的數據是必不可少的。少數民族地區還有很多寶藏等著我們去挖掘，只要靜下心來對這些史料仔細研究，少數民族新聞史研究一定會取得新的成果。誠如方漢奇先生所言，我們要「多打深井」「多做個案研究」。

最後，少數民族新聞研究要堅持正確的研究方向，要堅決貫徹黨的民族區域自治和民族團結政策，尊重少數民族文化及其發展規律。堅持馬克思主義的民族觀、文化觀、新聞觀，堅持「三個離不開」（漢族離不開少數民族，少數民族離不開漢族，少數民族離不開少數民族）。

此外，研究少數民族新聞傳播史，不僅要揭示少數民族新聞事業的發展規律，更要為現實問題服務。比如，跨境民族融通問題、民族身份認同與國家認同的良性建構等，都是我們需要關注的問題。除了研究不同民族具有差異化的新聞傳播軌跡和特徵之外，還需要站在在「中華民族共同體」的角度把新聞傳播與中華民族解放、復興的歷史結合在一起開展研究，同時關於民族新聞傳播思想史、社會史的研究，將這些議題的研究提上日程。

三、少數民族新聞傳播學科建設的守望人

問：在採訪中，您一直提到「少數民族新聞傳播學科」這一概念，為什麼？

答：推進少數民族新聞傳播學科的獨立和科學化發展，是我的願望，也是我的夢想。1997 年，新聞傳播學在教育部學科目錄裏從中文學科中分離出來，按一級學科建設，下設二級學科新聞學、傳播學。在新形勢下，少數民族新聞傳播學有了長足的發展，也應該成為新聞學、傳播學中的一個分支。

少數民族新聞教育始於 20 世紀 30 年代，由在新疆、西藏等地區興辦的新聞訓練班開始。1953 年，內蒙古蒙文專科學校開始培養從事蒙古文翻譯、編輯、記者工作的實用人才，是少數民族新聞專科教育的開端。比較正規的民族新聞教育始於 1961 年中央民族學院（現中央民族大學）的新聞研究班和1975 年內蒙古大學蒙古語言文學系的新聞班，之後便是 1984 年經原國家教委批准，在當時的中央民族學院創辦四年制的新聞專業。20 世紀 80 年代，根據國家教育主管部門的意見，一大批民族院校陸續創辦了新聞學、廣告學、傳播學等專業，迎來了少數民族新聞教育的春天。21 世紀以來，所有的民族院校都設立了新聞學專業，辦學層次、質量不斷提高。

我曾在《中國新聞史學會少數民族新聞傳播史研究委員會成立大會上的講話》中提到：「進入 20 世紀 90 年代後，少數民族新聞傳播研究成果逐漸增多，佔領了更大的研究空間，內容也更加豐富」。史學方面有林青主編的《中國少數民族廣播電視發展史》、周德倉撰寫的《西藏新聞傳播史》《中國藏文報刊發展史》等，實務方面有牛麗紅撰寫的《新聞報導中的西北民族問題研究》等，理論研究有白克信、蒙應的《民族新聞學導論》、張小平撰寫的《民族宣傳散論》等。少數民族新聞傳播隊伍中既有經驗豐富的老師，也有朝氣蓬勃的新人。組建少數民族新聞傳播史研究委員會是學術發展和這支隊伍中每個成員的迫切需要，把這支隊伍組織起來，形成團隊，少數民族新聞傳播研究就能

不斷發展。民族新聞傳播學研究的成果和隊伍的壯大，足以證明它可以成為新聞傳播學中一門獨立的學科。但也要承認，民族新聞傳播學的學科建設之路依然任重而道遠。

問：您一直跟各個民族地區的新聞傳播院校保持著友好關係，請問您對它們的學科建設提供過哪些幫助？

答：我們常說的民族院校，我認為應該包括兩部分，一是國家民委所屬的15所高校，當前直屬院校有6所（中央民族大學、中南民族大學、西南民族大學、西北民族大學、北方民族大學、大連民族大學），另有9所如廣西民族大學、西藏民族大學等由地方管理；二是民族地區的高等院校，比如新疆大學、廣西大學、寧夏大學、延邊大學等等。可以說，創辦民族院校是我國民族工作和教育事業的一項創舉。

我編寫的《中國少數民族文字報刊史綱》出版後在民族地區、民族院校引起了廣泛關注。20世紀末，我每次外出開會都有不少人提到這本書。後來我又出版了其他著作，越來越多的單位邀請我參加學術活動，共同切磋如何發展少數民族新聞研究。比如，《湘西團結報》報社領導邀請我參加該報60週年的慶典活動、吉首大學邀請我為新聞專業師生舉行「民族地區高校新聞傳播學學科建設及本科專業特色辦學思路」的講座等。2007年，西北民族大學邀請我和復旦大學、人民大學、上海交通大學的學者共同研討少數民族新聞教育的未來發展和獨立辦學的意義。在會上，各位學者共同闡述了這樣的觀點：早在世紀之交，教育部門經過調查認為新聞傳播學附設在其他學科之中有許多弊端，不便於新聞傳播學的發展，建議有條件的院校獨立辦新聞專業。我們應當積極創造條件，認真落實教育部這一建議。西北民族大學主管校長認真聽取了大家的意見。經學校黨委研究，2008年該校將新聞專業從文學院中獨立出來，成立了新聞傳播學院。

此外，由於經常到民族地區調研、講學，與少數民族新聞傳播研究的老師交流研究，我跟不少學者成為好朋友，他們對我的幫助很大。我也毫不保留地介紹新聞專業辦學的得失、少數民族新聞傳播研究和教育教學中的體會和教訓，同時也為他們排憂解難，為他們的新作作序、寫評，鼓勵他們在少數民族新聞教育和新聞傳播研究中不斷取得新成果，做出新貢獻。

問：您認為應如何推動民族新聞傳播學科的進一步發展？

答：朝著獨立學科的目標前進這一說法，是已故著名中國新聞史學家丁淦林教授所提出的。他在《中國少數民族新聞傳播史》的序中寫道：「就我所知道的情況而言，中國少數民族新聞傳播史研究，近年來的進展主要有以下一些方面：一是研究材料更多更新，一些很難找到的材料也被挖掘出來了；二是研究的範圍更寬更廣，從以報刊為主轉向各類新聞傳媒並重，還兼顧新聞教育、新聞傳媒經營管理以及著名新聞人物評介等；三是研究對象從以漢語文傳媒為主逐漸轉向少數民族語文傳媒與漢語文傳媒並重，加強對少數民族語文傳媒研究努力做到客觀、真實、全面地描繪我國少數民族新聞傳播的歷史畫卷；四是探索建立新的理論架構，這是具有重要意義的一個方面」。最後，他更是寫到，少數民族新聞傳播的研究者們「正朝著建設成熟的獨立學科的目標前進」。

但距離獨立學科的目標還有多遠？看兩個實例就知道了。前幾年，我接到一個從廈門大學打來的電話，說我們今年畢業一名民族新聞方向的博士研究生；2011年7月底、8月初，我去蘭州大學參加《中國的西北角》出版75週年紀念研討會暨首屆范長江研究高峰論壇，剛下飛機，在機場大廳就遇到復旦大學劉海貴教授和他的博士生莊金玉。當天晚上接受她的採訪，她說：「劉海貴導師讓我撰寫一篇關於民族新聞學的論文，今天特意來請教。」這兩個事例說明，在學科建設上，民族院校、民族地區院校相差甚遠，我們還沒有一所院校具有博士學位授予權。我們必須要有民族新聞傳播研究方向的博士點，以培養少數民族新聞傳播學高層次人才。

申報博士點、培養高層次人才，必須有知名的學者、專家，並且要形成團隊。我們現在的專家數量太少，更談不上形成團隊，讓人不禁有後繼乏人的擔心。曾經中國傳媒大學的一位知名教授建議說，可先把民族新聞學作為民族學的二級學科來培養博士生，為在全國創建第一個民族新聞傳播學博士點做好鋪墊和準備。現在我講這些話的目的，就是希望我們能夠根據自身條件，不斷提高辦學層次，推動民族新聞傳播學科朝著獨立、規範、學術的方向發展！

（原載《中國新聞傳播教育年鑒》）

道義之尊・奉獻崇高
——對話中央民族大學教授白潤生

尤維斯、尚曉薇

題記

　　在武漢火車站初見白老先生他身著白色的夾克衫，手提藍色文件袋，身姿挺拔，笑容慈祥，行動如年輕人一樣敏捷。在與白老短暫的交談之中，我們感受到的是一位對中國少數民族新聞研究作出卓著貢獻的老人的謙遜。問及老先生的「保養秘方」，他說自己的身體是「逆向發展」：年輕時未老先衰，老了卻老當益壯。他 45 歲才開始接觸中國新聞事業史，在這條路上一幹就是三十年。

「決不能忽視廣播」

　　當談及廣播這一傳統媒體在新媒體時代下的窘境時，白老提出了自己獨特的見解：新媒體時代並不會影響廣播的繼續發展，它們是共存的。少數民族地區多是邊遠的山區、牧區、荒漠草原，聽廣播是他們獲取信息最普遍的方式。」廣播作為中國文化民生的偉大工程擔當著特殊使命，它是黨和政府及時傳播各項路線方針政策和信息的重要渠道，是黨聯繫群眾的紐帶和橋樑它的存在和發展對保留中國歷史文化及語言文字，非物質文化遺產保護文化傳承，保護民族基本特徵具有重要意義。「少數民族廣播，以平民的視角，關注百姓生計，關心少數民族的文化生活及普通百姓的日常生活和精神狀態。這種大眾傳播方式，在民族地區是最具有穿透力的尤其在非常時期，比如四川汶川地震發生後，中央人民廣播電臺立即播發抗震救災消息，由於地震造成交通、電力、

通訊一時中斷，廣播成為災區群眾獲取外界信息的唯一渠道。因此，時任總書記的胡錦濤專門批示，為抗震救災前線 17 萬部隊每人配發一臺收音機。未來是媒介融合的時代，不是某種媒體一花獨放的時代，無論傳統媒體還是新興媒體，都不會消亡！」

「年輕人是傳承中華民族文化的生力軍」

「做學問是一件需要深刻鑽研耗時耗力的事情。年輕人有更多的精力和衝勁，更應該靜下心來認真做學問。」白老先生是我國第一位帶少數民族研究生的導師。在他的教學生涯裏，總共培養了 60 位研究生，他們中大多數都來自少數民族他說：「我們的學科目前還沒有真正地獨立，少數民族新聞史研究需要更多的年輕人才，這也是目前很大的一個課題。民族院校、民族地區院校是培養繼承和傳播民族文化的搖籃。」白老認為，年輕人從讀書時起對中華民族文化應有深刻的認識，受到中華民族文化的薰陶。少數民族新聞學未來事業的發展，他希望能有更多年輕人參與其中。不論是漢族還是少數民族，都應成為文化底蘊深厚，肩負起建設少數民族地區，促進少數民族地區繁榮，社會安定，民族團結和社會進步的生力軍。」

「我身後有生活在佔中國百分之六十四的土地上，一億多少數民族群眾的支持」

白老先生來此次論壇之前，於 11 月 4 日完成了 25.6 萬字的《民國時期少數民族新聞業》。第二天，他從北京出發前往武漢參加會議，此次會議結束之後，他緊接著要去南京參加「國家社科基金重大項目編纂委員會第一次會議及項目組第次核心成員工作會議」。如此緊湊的行程安排，讓人擔心老先生的身體然而白老卻說「當年，在學術研討會上只有我一人宣讀少數民族新聞學的論文，但我不覺得孤立無援。因為我總覺得，我不是一個人，在我的身後有生活在佔中國百分之六十四的上地上的一億多少數民族在支持著我！事實也證明了這一點，我到民族地區調研、參加學術會議、講學，都受到他們的熱烈歡迎。有一次，有人看到這種熱烈的場面，說這真是轟動效應，明星學者。」

白老先生的學術之路充滿了道義和奉獻精神。退而不休，77 歲高齡還一直活躍在科研第一線，出現在境內外的學術研討會上。眾多科研成果，並不作為他去評職稱贏得各種榮譽的資本；人到晚年依然奔波於各個學術論壇，給予

後輩指導點撥，全憑一副純粹的學術信仰。相信白老先生在他的少數民族新聞事業的研究旅程裏，定能留下深刻、厚重的光輝印跡，將少數民族地區的新聞文化傳播事業推向光輝的頂峰！

（原載《中國民族報》2015 年 12 月 22 日第 10 版，
《經濟月刊‧業界》）

有關作者信息報導存目

一、作品出版與評介信息

（一）《寫作趣聞錄》（人民日報出版社 1983 年版）

1. 問號的來歷（摘自《寫作趣聞錄》）（載《新聞學會通訊》1984 年第 7 期總第 92 期）

（二）《中國新聞史（古近代部分）》（王洪祥主編，馮國和、白潤生、張濤副主編中央民族學院出版社 1988 年版）

1. 專家談《中國新聞史》（載中央民族學院出版社編《新書信息》第 2 期，1988 年 3 月 10 日）

2. 吳敏：14 所高等院校合編的《中國新聞史》（古近代部分）出版我院漢語系白潤生副教授任副主編並負責統稿（載《中央民族學院週報》總第 423 期復第 186 期週報 98 期 1989 年 1 月 3 日第 1 版）

3. 韓欣嘩：《中國新聞史》（古近代部分）出版（載《歷史研究》1989 年第 1 期總第 197 期）

4. 榮生：《中國新聞史》（古近代部分）出版（載《新聞出版報》第 139 期總第 409 期 1989 年 5 月 6 日第 1 版）

5. 韓欣嘩：新聞學園圃中的一朵新花——評介《中國新聞史（古近代部分）》（載《新聞出版報》1989 年 12 月 13 日第 202 期）

（三）《中國少數民族文字報刊史綱》（中央民族大學出版社 1994 年版）

1.《中國少數民族文字報刊史綱》將出（載《新聞春秋》1994 年第 2 期）

2. 《中國少數民族文字報刊史綱》出版（載《人民日報》1994 年 12 月 2 日第 10 版民族大家庭；《灕江日報》第 979 期總第 984 期 1994 年 12 月 27 日第 3 版；民革中央《團結報》1995 年 7 月 26 日；《新疆新聞界》1995 年第 2 期；《人民日報》海外版 1995 年 3 月 4 日第 3 版）

3. 中國少數民族文字報刊史綱（載《新聞出版報》1995 年 1 月 4 日第 1091 期「上架新書」；《民族研究信息》1995 年第 3 期總第 43 期）

4. 韓欣嘩：中國少數民族文字報刊史綱（載《新聞出版報》1995 年 1 月 4 日第 2 版上架新書第 1091 期）

5. 張召國：白潤生新著裨益報刊史（中國少數民族文字報刊史綱）（載《中國青年報》1995 年 1 月 7 日）

6. 格來、高雲才：《中國少數民族文字報刊研究取得突破》（新華社北京 1995 年 2 月 28 日電）

7. 劉奇：《中國少數民族文字報刊史綱》出版（載《新疆新聞界》1995 年第 2 期；《民族新聞》1995 年 1～2 期合刊，總第 22 期）

8. 新華社報導新書《中國少數民族文字報刊史綱》出版（載《中央民族大學週報》週報第 327 期總第 752 期 1995 年 4 月 18 日第 2 版）

9. 韓欣嘩：中國少數民族文字報刊史綱（上架新書）（載《新聞出版報》第 1091 期 1995 年 7 月 4 日第 2 版「綜合新聞版」）

10. 《中國少數民族文字報刊史綱》內容簡介（載《民族研究信息》1995 年第 3 期總第 43 期）

11. 韓欣嘩：《中國少數民族文字報刊史綱》出版（載《團結報》1995 年 7 月 26 日第 2 版，總第 1632 號）

12. 《中國少數民族文字報刊史綱》（載《中國新聞年鑒·中國新聞書目及新書選介》1995 年版）

13. 岑飛：中國民族新聞史的開創性專著——評《中國少數民族文字報刊史綱》（載《新疆新聞界》1996 年第 4 期總第 68 期）

14. 《中國少數民族文字報刊史綱》又獲教育部普通高等學校人文社會科學研究成果二等獎（載《中央民族大學週報》總第 892 期週報第 467 期 1999 年 3 月 30 日第 2 版）

（四）《民族報刊研究文集》（中國物價出版社 1996 年）

1. 胡鍾堅：《民族報刊研究文集》（載《新聞出版報》第 1357 期 1996 年 4 月

19 日第 2 版「上架新書」)

2. 胡鍾堅:《民族報刊研究文集》最近出版 (載《中央民族大學週報》總第
790 期週報第 365 期 1996 年 4 月 30 日第 1 版)

3. 胡鍾堅:《民族報刊研究文集》出版發行 (載民革中央《團結報》1996 年
5 月 4 日第 1712 號第 1 版)

4. 胡鍾堅:《民族報刊研究文集》出版 (載《民族研究信息》1996 年第 3 期
總第 47 期)

5. 書榮華:民族新聞史學科體系的架構之作——讀《中國少數民族文學報
刊史綱》《民族報刊研究文集》讀後 (載《新疆新聞界》1997 年第 4 期總
第 74 期)

(五)《中國新聞通史綱要》(新華出版社 1998 年版)

1.《中國新聞通史綱要》(修訂本) (中央民族大學出版社 2004 年版) 依日:
歷史新聞學新作《中國新聞史綱要》出版 (載《中華新聞報》1996 年 11
月 9 日第 6 版「學術」)

2. 顧陽:《中國新聞通史綱要》問世 (載《科技日報·消費廣場》1998 年 9
月 11 日第 12 版「文化消費」總第 4407 期)

3. 顧陽:白潤生教授新作《中國新聞通史綱要》出版 (載《中央民族大學週
報》總第 872 期週報第 447 期 1998 年 9 月 15 日第 2 版)

4. 唐曉卉:《中國新聞通史綱要》出版〔載《金融時報》(週日特刊) 1998 年
9 月 27 日第 7 版週日特刊·銀河〕《中國新聞通史綱要》
(《中國商檢報》第 375 期總第 459 期 1998 年 9 月 30 日第 4 版副刊·新
書架欄)

5. 小翁:《中國新聞通史綱要》(載《中國青年報》第 9281 期,1998 年 10
月 8 日第 8 版思想者「書海短波」欄)

6. 亞珍:中國新聞通史綱要 (載《新聞出版報》1998 年 11 月 26 日「採編
週刊」第二版,第 1991 期)

7. 歷史新聞學新作《中國新聞史綱要》出版 (《北京經濟報燕週刊》第 3075
期 1999 年 1 月 22 日第 4 版)

8. 顧陽:展示我國新聞傳播全貌 (引題)《中國新聞通史綱要》出版 (主題)
(載《人民日報》1999 年 2 月 9 日第 18476 期第 5 版教育·科技·文化·
體育)

9.《中國新聞通史綱要》修訂本出版（載《北京現代商報》第 777 期 2005 年
3 月 25 日第 8 版視覺；《新聞三味》2005 年第 1 期）

10. 韋榮華：《通史》的構架──《中國新聞通史綱要》讀後（《中華新聞報》
1998 年 11 月 16 日第 6 版學術版）

11. 馬占武：獨駕史舟緯學海──讀《中國新聞通史綱要》（載《中國商檢報》
1998 年 12 月 21 日第 4 版第 409 期總第 493 期）

12. 白子超：《中國當代新聞史的缺憾》（載《新聞記者》2001 年第 9 期總第
223 期）

13. 趙薇：中國新聞事業的一部「通史」──簡評《中國新聞通史綱要》（修
訂本）（載《新聞與寫作》2005 年第 8 期總第 254 期）

（六）《白潤生新聞研究文集》（中國文史出版社 2004 年版）

1. 工誠：白潤生教授的兩部著作出版發行（載《中央民族大學週報》2004
年 12 月 30 日第 2 版週報 682 期總第 1107 期）

2. 白潤生新聞研究文集（載《中華新聞報》第 2 期總第 1163 期 2005 年 1
月 12 日 E3「文化‧閱讀」）

3. 霍鍵：81 篇論文精華探民族新聞發展（載《中國新聞出版報》第 3518 期
2005 年 2 月 1 日第 3 版「書譚」第 512 期）

4. 老教授出版新聞研究專著（《中國新聞通史綱要》修訂本、《白潤生新聞研
究文集》）（載《中國老年報》第 1651 期 2005 年 4 月 1 日第 4 版快樂書齋）

5.《白潤生新聞研究文集》出版（載《北京現代商報》總 792 期 2005 年 4 月
15 日第 8 版視覺‧文化新聞欄；《新聞三味》2005 年第 1 期）

6. 聞碩：《獨闢溪徑，開墾民族新聞史研究的處女地──評〈白潤生新聞研
究文集〉中少數民族新聞史研究方法》（載《中央民族大學週報》週報 690
期總第 1115 期 2005 年 4 月 7 日第 3 版「書山頻思」欄目）

7. 宋莉：專家視野史家方略──簡評《白潤生新聞研究文集》（載《吉首大
學學報〈社會科學版〉》2007 年第 28 卷第 4 期）

8. 田建平：《少數民族新聞研究的結晶》──評《白潤生新聞研究文集》（載
《當代傳播》2007 年第 5 期總第 136 期）

（七）《中國少數民族新聞工作者生平檢索》（青海民族出版社 2007 年版）

1. 陳春麗：專家為五百位少數民族新聞人立傳（《中國少數民族新聞工作者

生平檢索》)(載《中國新聞出版報》2007年6月27日總4100期第4版
「書業快訊」欄)

2.《中國少數民族新聞工作者生平檢索》出版發行(載《中央民族大學校報》
2007年10月19日第2期第2版總第1205期周第780期;《桂林晚報》
總第3968期,2007年8月23日第22版閱覽室)

3. 周世林:特別的愛獻給特別的人——評《中國少數民族新聞工作者生平
檢索》(載《新聞與寫作》2007年第10期,總第280期)

4. 李志華:為少數民族新聞工作者立傳——讀《中國少數民族新聞工作者
生平檢索》(載《新聞愛好者》2008年1月(上半月)總第301期‧大眾
版)

(八)《中國少數民族新聞傳播通史》(中央民族大學出版社2008年版)

1. 陳春麗:白潤生教授主編的《中國少數民族新聞傳播史》出版(載《中央
民族大學校報》2008年11月14日第41期第2版總第1244期‧周819
期)

2.《中國少數民族新聞傳播通史》(載《中國報導》2009年第3期「月讀」
總第61期)

3. 李秀雲:少數民族新聞傳播事業的全景記錄——讀《中國少數民族新聞
傳播通史》(上下冊)(載《新聞知識》2008年第6期總第288期)

4. 雲馳:讀《中國少數民族新聞傳播通史》有感(載《中央民族大學校報》
2008年9月12日第34期總第1237期‧周第812期第3版)

5. 鄧濤:獨闢溪徑厚積薄發——讀白潤生主編的《中國少數民族新聞傳播
通史》(載《湖北第二師範學院學報》2008年12月第25卷第12期總第
138期)

6. 田建平:少數民族新聞傳播史研究學術體系的確立——評白潤生主編之
《中國少數民族新聞傳播通史》(載《中國傳媒報告》2009年第1期總第
29期)

7. 王昊魁、金星:厚積薄發歷久彌新——《中國少數民族新聞傳播通史》評
介(載《科學導刊》2009年第2期下旬刊總第6期)

8. 鄭磊:一幅少數民族多元文化格局大新聞傳播史畫卷——評白潤生教授
主編的《中國少數民族新聞傳播通史》(載《采寫編》2009年第4期總第
105期)

9. 傅寧：中國少數民族新聞學研究的集大成之作——評白潤生教授《中國少數民族新聞傳播通史》（載《國際新聞界》2009 年第 5 期總第 175 期）

10. 馬寧：評《中國少數民族新聞傳播通史》（載《文學教育》2009 年 06 中總第 113 期）

11. 賀飛飛：論從史出史論結合——《中國少數民族新聞傳播通史》讀書心得（載《科教導報》2009 年 8 月（中旬刊）總第 23 期）

12. 哈豔秋、馬彩虹：客觀書寫新聞史作真情描繪民族畫卷——評《中國少數民族新聞傳播通史》（載《中國廣播電視學刊》2009 年第 9 期圖書速遞總 222 期）

13. 張燕：我國新聞傳播史研究重要拓展——《中國少數民族新聞傳播通史》簡評（載《中國民族報》2010 年 1 月 22 日第 06 版「理論週刊・前沿」，總期數：906 期）

14. 鄭芳：《中國少數民族新聞傳播通史》的新突破（載《青年記者》2010 年 4 月中）

15. 周宇傀：大家手筆譜寫民族新聞新篇章——評《中國少數民族新聞傳播通史》（載《劍南文學》2010 年第 5 期下半月刊總 275 期）

16. 李建新：多民族作者集體合作的巨著——《中國少數民族新聞傳播通史》讀後（載《中國新聞出版報》2010 年 7 月 16 日第 7 版書評版文化書坊欄）

17. 高雅娜、王昊魁：研究中國少數民族新聞史之奇葩——淺讀《中國少數民族新聞傳播通史》（載《生活文藝》2010 年第 13 期 07 中旬刊總第 809 期）

18. 傅寧：多元文化視野下的少數民族新聞學研究——評《中國少數民族新聞傳播通史》（載《當代傳播》2011 年第 2 期總第 157 期）

19.《中國少數民族新聞傳播通史》獲國家民委社會科學研究成果二等獎（載《青年記者》2011 年 4 月中，總第 343 期；《西海農民報》第 640 期總第 1871 期 2011 年 4 月 26 日第 1 版）

20. 藍青：年逾古稀筆耕不輟（引題）白潤生獲國家民委社會科學研究成果二等獎（主題）（載《中國老年報》2011 年 4 月 21 日第 2 版「新聞」版，第 2861 期）

21. 白潤生主編的《中國少數民族新聞傳播通史》獲第二屆國家民委社會科學研究成果二等獎（載《當代傳播》2011 年第 2 期總第 157 期；《桂林日報》第 4612 期總第 12145 期，2011 年 6 月 28 日第 7 版花橋／文化報導）

（九）《中國少數民族新聞傳播史》（民族出版社 2008 年版）

1. 史謙：和諧新聞教育新範本——讀《中國少數民族新聞傳播史》有感（載《新聞傳播》2009 年第 7 期總第 180 期）

2. 向陽：中國少數民族新聞傳播史理論架構的力作——讀《中國少數民族新聞傳播史》（載《中國民族》2008 年第 8 期總第 447 期）

3. 荊談清：掀開中國少數民族新聞傳播史研究的新一頁——讀《中國少數民族新聞傳播史》（載《中華新聞報》2009 年 1 月 7 日第 C3 版「廣電前沿‧出版」）

4. 李秀雲：少數民族新聞傳播史學科的獨立、建設與發展——讀高等教育精品教材《中國少數民族新聞傳播史》（載《學理論》2009 年 12 月上，總第 532 期）

5. 劉波：通往少數民族新聞研究領域的必經之路——評白潤生教授的《中國少數民族新聞傳播史》（載《科學之友》2010 年 3 月下旬，總第 430 期）

（十）《當代中國少數民族新聞事業調查報告》（中央民族大學出版社 2010 年版）

1. 白潤生教授主編的《當代中國少數民族新聞事業調查報告》正式出版（載《中央民族大學校報》第 100 期總 1303 期，周 878 期 2010 年 9 月 24 日第 2 版）

2. 《當代中國少數民族新聞事業調查報告》（載《中國報導》2010 年第 9 期總第 79 期）

3. 李謝莉：八載春秋玉沙於成多彩民族卷峽宏偉——簡介《當代中國少數民族新聞事業調查報告》（載《中國民族報》2010 年 8 月 27 日第 11 版文化週刊‧品味；《新聞與寫作》2010 年第 9 期總第 315 期）

4. 傅寧：研究少數民族新聞事業的權威之作（評《當代中國少數民族新聞事業調查報告》）（載《中國新聞出版報》第 5008 期 2011 年 3 月 11 日第 07 版「書評」）

5. 孔大為：當代民族新聞史的全景之作——評《當代中國少數民族新聞事業調查報告》（載《青年記者》2011 年 3 月中，總第 340 期）

6. 李謝莉：時代觀潮大展宏圖民族團結繁榮發展——評白潤生主編的《當代中國少數民族新聞事業調查報告》（載《新聞研究導刊》2011 年第 9 期總第 15 期）

7. 《當代中國少數民族新聞事業調查報告》獲教育部第六屆高等學校科學研究（人文社會科學）優秀成果獎（載《當代傳播》2013 年第 3 期總第 170 期）

8. 民大七旬教授著作獲獎（載《中國老年報》第 3333 期 2013 年 4 月 30 日第 2 版新聞版）

二、教學與學術活動的信息

（一）教學活動

1. 我院新聞專業首屆本科生暑假畢業（載《中央民族學院週報》1988 年 6 月 21 日頭版總第 403 期復第 166 期週報第 79 期）

2. 漢語系 87 新聞班教學實習總結（載《中央民族學院教務工作簡報》教簡（91）第 2 期總第 95 期）

3. 賈奮勇、高雲才：我國當代民族報刊研究方向第一批少數民族碩士研究生畢業（載新華社北京 1992 年 9 月 3 日電：《新華社新聞稿》1992 年 9 月 4 日第 8239 期國內新聞）

4. 韓國剛：新華社報導我院當代民族報刊研究方向碩士研究生畢業的消息（載《中央民族學院週報》週報第 240 期總第 565 期 1992 年 11 月 24 日第 3 版）

5. 我國民族新聞研究人才的搖籃（6 幅新聞圖片）（載《新疆新聞界》1997 年第 4 期封三，總第 74 期）

6. 白潤生教授為人大新聞學院舉辦專題講座（載《民族研究信息》1997 年第 4 期總第 52 期）

7. 民族學研究院金炳鎬教授和中文系新聞專業白潤生教授應邀為香港中文大學講授專業課（載《中央民族大學週報》1997 年 9 月 9 日週報 411 期總第 836 期第 1 版）

8. 應新疆記協邀請白潤生教授赴烏魯木齊講學（載《中央民族大學週報》總第 904 期週報第 479 期 1999 年 6 月 22 日第 1 版）

9. 趙文達致白潤生教授的信（聽了老師講課改變了對學校的看法）（載《中央民族大學週報》2002 年 3 月 8 日第 4 版「公開信箱」欄目）

10. 白潤生教授談新聞傳播學專業（載《中央民族大學招生專刊》2005 年 1 月 10 日第 2 版「教授談專業」）

11. 姚偉：文傳學院 04 級新聞學研究生開展學術研討（載《中央民族大學週報》總第 1140 期週報 715 期 2005 年 12 月 9 日第 2 版）

12. 馬明輝：白潤生教授課堂教學印象記（載《中央民族大學週報》總第 1188 期週報 763 期 2007 年 4 月 20 日第 3 版）

13. 專家指出：讓少數民族新聞傳播為促進民族和諧做貢獻（載《廣西民族報》總第 870 期 2009 年 8 月 7 日第 2 版民族新聞版，特約記者韋榮華報導）

14. 荊琰清、喬麗涉：收穫・欣賞・期待（載《中央民族大學校報》第 80 期總 1283 期周 858 期 2010 年 1 月 8 日第 4 版）

15. 丁豔麗：學習《中國當代新聞史專題研究》有感（載《中央民族大學校報》第 101 期總 1304 期・周 879 期 2010 年 10 月 12 日第 3 版）

16. 王麗：士不可以不弘毅，任重而道遠——談我對《中外新聞傳播史研究》課程思考與感悟（載《中央民族大學校報》第 121 期總 1324 期・周 899 期 2011 年 4 月 29 日第 3 版）

17. 白潤生教授為吉首大學師生作專題學術報告（載《中央民族大學校報》2013 年 1 月 9 日第 2 版第 179 期總第 1382 期・周 957 期）

（二）科研、學術活動

1. 中國新聞史學會在京成立（主題）白潤生副教授當選為學會理事（副題）（載《中央民族學院週報》1992 年 9 月 8 日 1、4 版夾縫，總第 554 期週報第 229 期）

2. 全國民族地區報紙好新聞在昌評選——州委州政府對與會的專家和報社負責人表示熱烈歡迎（載《涼山日報》漢文版 1994 年 6 月 10 日頭版總第 6907 期）

3. 吳銀：中文系白潤生副教授應邀參加第六屆全國少數民族地區報紙好新聞評選工作（載《中央民族大學週報》1994 年 9 月 13 日第 2 版總第 726 期週報第 301 期）

4. 全國民族地區報紙好新聞評選揭曉（載《新聞出版報》1995 年 7 月 12 日第 2 版綜合新聞版「信息集成」，第 1198 期）

5. 文邊：民族地區好新聞評選揭曉（載《人民日報》1995 年 7 月 13 日第 17169 期第 11 版民族大家庭欄目）

6. 第七屆全國民族地區報紙好新聞評選會（載《民族研究信息》1995 年第 3 期總第 43 期）

7. 岑飛、胡鍾堅：白潤生副教授參加中國人民大學新聞學院 40 週年院慶活動（載《中央民族大學週報》總第 773 期週報第 348 期 1995 年 11 月 21 日第 1 版簡訊）

8. '95 世界華文報刊與中華文化傳播國際學術研討會於 1995 年 10 月 12 日至 16 日在武漢至重慶的豪華輪白帝號上舉行（簡訊）（載《中央民族大學週報》總第 775 期週報 350 期 1995 年 12 月 5 日第 1 版「學術交流」）

9. '95 世界華文報刊與中華文化傳播國際學術研究會（載《民族研究信息》1996 年第 1 期）

10. 面向 21 世紀新聞與傳播學術研討會在穗舉行——我校新聞專業白潤生教授應邀出席會議（載《中央民族大學週報》1997 年 3 月 4 日第 2 版週報 394 期總第 819 期）

11. 曉清：市第四屆哲社優秀成果獎評選揭曉（引題）我校 8 項科研成果上榜（主題）（載《中央民族大學週報》1997 年 3 月 18 日第 1 版總第 821 期週報第 396 期，其中 1 項為《中國少數民族文學報刊史綱》）

12.「今日德國的媒介傳播」學術報告會在京舉行我校白潤生教授、劉源清主任編輯應邀出席（載《中央民族大學週報》1997 年 4 月 1 日週報第 398 期總 823 期第 1 版）

13.「今日德國的媒介傳播」學術報告會（載《民族研究信息》1997 年第 2 期總第 50 期）

14. 中國新聞史學會換屆聲 98 新聞學術研討會在滬召開（主題）白潤生教授再次當選理事（副題）（載《中央民族大學週報》總第 867 期週報 442 期 1998 年 6 月 2 日第 1 版）

15. 成舍我先生百年誕辰學術研討會在京舉行（載《中央民族大學週報》1998 年 9 月 29 日第 2 版週報第 449 期總第 874 期）

16.《中華新聞報》是民族工作者和各族讀者的良師益友（題字）（《中華新聞報》第 120 期總第 323 期 1998 年 10 月 19 日第 8 版發行特刊）

17. 紀念北京大學新聞學研究會成立 80 週年座談會在京舉行（載《中央民族大學週報》總第 879 期週報第 454 期 1998 年 11 月 3 日第 2 版）

18. 白潤生教授被教育部聘為新聞學學科教學指導委員會委員並當選中國新聞教育學會理事（載《中央民族大學週報》總第 990 期週報第 565 期 2001 年 11 月 16 日第 1 版）

19. 白潤生教授應邀參加第十四屆全國少數民族地區州盟地市報新聞獎評選
　　工作（載《中央民族大學週報》總第 1081 期週報第 593 期 2002 年 9 月
　　18 日第 2 版）

20. 第 15 屆全國少數民族地區州盟地市報新聞獎評選會在新疆伊犁召開（引
　　題）我校新聞學教授白潤生應邀參加評選（副題）（載《中央民族大學週
　　報》第 1054 期週報第 629 期 2003 年 9 月 2 日總第 2 版）

21. 白凱文：少數民族語文的新聞事業研究（載《中央民族大學週報》週報第
　　671 期總第 1096 期 2004 年 10 月 14 日第 2 版「學術前沿」欄）

22. 專家學者雲集古都蓬蓽增輝（引題）中國第三屆太行山新聞論壇在河南
　　安陽舉行（主題）（載《採寫編》2006 年第 6 期「太行山新聞論壇專欄·
　　消息」，總第 89 期）

23. 中國少數民族新聞傳播史學會醞釀成立（主題）專家指出：讓少數民族
　　新聞傳播為促進民族和諧作貢獻（副題）（載《中國民族報》2009 年 8 月
　　4 日第 02 版新聞·動態，總期數 860 期，郎曉琴報導）

24. 我校 25 屆（部）論著榮獲第二屆國家民委社科研究成果獎（載《中央民
　　族大學校報》第 116 期總 1319 期·周 894 期，2011 年 3 月 18 日第 1 版）

25. 少數民族新聞傳播史研究委員會成立（載《中央民族大學校報》第 142 期
　　總 1345 期·周 920 期，2011 年 12 月 16 日第 2 版）

26. 題字：堅持新聞方向堅持為人民為國家大局服務提高公信力感染力和影
　　響力（載《保定晚報》2012 年 1 月 18 日 A06 版第 5387 期）

27. 中國新聞史學會少數民族新聞傳播史研究委員會在京成立（載《當代傳
　　播》2012 年第 1 期總第 162 期）

28. 白潤生應邀為中央人民廣播電臺講授少數民族新聞學知識（載《中央民
　　族大學校報》2012 年 9 月 14 日第 2 版第 164 期總 1367 期·周 942 期）

29. 筆墨春秋六十載團結奮進譜新篇（引題）；紀念毛澤東同志親筆題寫報頭
　　聲《團結報》創刊 60 週年大學隆重召開（主題）；國家新聞出版總署中
　　國報業協會湖南省民族事務委員會致信祝賀（副題）；吳家奉、余清楚、
　　馬新榮等蒞臨大會何澤中葉紅專等出席（副題）（載湘西《團結報》第 18322
　　期 2012 年 10 月 29 日第 1 版，記者石騎報導）

30. 肖小明、黃瓊、蔣朝云：中國報業協會少數民族地區報業分會 2012 年年
　　會在我州舉行（載湘西《團結報》2012 年 10 月 29 日第 1 版第 18322 期）

31. 中國報協少數民族地區報業分會 2012 年年會在吉首舉行（載《青年記者》2012 年 12 月上總第 402 期）

32. 肖靜芳：中國新聞史學會少數民族新聞傳播史研究委員會年會在貴陽舉辦（載《中國民族報》2013 年 1 月 11 日第 10 版「文化週刊‧視角」，總期數 1203）

33. 文傳學院承辦第三屆新媒體與民族文化傳播論壇（載《中央民族大學校報》第 180 期總第 1383 期‧958 期，2013 年 1 月 16 日第 1 版）

34. 我校六教師獲教育部高校科研成果獎（載《中央民族大學校報》第 187 期總 1390 期‧周 965 期，2013 年 4 月 12 日第 1 版）

35. 白潤生主編的《當代中國少數民族新聞事業調查報告》獲教育部第六屆高等學校科學研究（人文社會科學）優秀成果新聞傳播類三等獎（載《海淀僑聲》2013 年第 2 期總第 2 期基層要聞欄）

（三）專訪及其他

1. 鬧中取冷白潤生（載《中央民族大學週報》總第 776 期週報第 351 期，1995 年 12 月 12 日第 3 版「學者風範」欄目，摘自《中國青年報》）

2. 我校黨校舉辦第 18 期入黨積極分子培訓班（載《中央民族大學週報》1997 年 9 月 9 日總第 836 期，並配有「培訓班中年齡最大的學員白潤生教授和年齡最小的學員在交流學習心得」照片 o）

3. 楊湛寧：十年鑄一劍——記民族新聞史專家白潤生（載《中央民族大學週報》總 843 期週報第 478 期 1997 年 11 月 4 日第 3 版，摘自《新聞三味》1997 年第 6 期）

4. 白潤生教授入選《中國新聞界名人》（載《中央民族大學週報》1998 年 10 月 20 日總第 877 期週報第 452 期第 1 版）

5. 蔣金龍：把少數民族新聞研究這面旗幟扛到底——記少數民族新聞學教授白潤生（載《中央民族大學週報》總第 1030 期週報第 605 期 2002 年 12 月 20 日第 3 版「民大人物」欄）

6. 王濤、霍騁遠：「我們到這裡來，真是不虛此行啊！」——中國第三屆太行山新聞論壇紀實（載河北日報報業集團主辦《採寫編》2006 年第 6 期，總第 89 期）

7. 周巧紅：為殷城而自豪（載《採寫編》2006 年第 6 期「論壇花絮四則」總第 89 期）

8. 李欣：近年來我國少數民族新聞學研究綜述（載《西北民族大學學報》2007 年第 2 期總第 141 期）

9. 與時俱進展風采開拓創新鑄華章——記當代白氏精英白潤生同志不悔的追求（載《中華姓氏通鑒（五）》第四輯，中國國際文藝出版社 2009 年版）

10. 劉珊珊：《與時俱進展風采開拓創新鑄華章——記文傳學院新聞學白潤生教授》（載《民大研究生報》2010 年 3 月 31 日）

11. 鍾亞瓊、勝珊珊：《甘為新聞獻此生》（載中央民族大學校友工作辦公室主辦《民大人》2010 年 3 月總第 2 期）

12. 蘇陸榕：《白潤生——平淡中有奇絕》（載 2010 年 10 月 25 日西藏民族學院《論壇快報（少數民族地區信息傳播和社會發展論壇專題報導）》第 2 期第 4 版「我們的導師」版）

13. 封面人物：新聞學教授白潤生（載河南日報報業集團主辦《新聞愛好者》2011 年第 3 期下半月，總第 378 期·大眾版封面，文字說明見 127 頁）

14. 辦一張好看的民族報紙——訪中央民族大學教授白潤生（載湘西《團結報》第 18323 期 2012 年 10 月 30 日第 3 版）

15. 傅寧：《民族化·現代化·全球化——白潤生教授談民族新聞學的現代化》（載內蒙古日報社主管主辦《新聞論壇》2012 年第 5 期）

16. 王澄澄、丁龍、潘德會：《專家獻策貴州文化發展突出民族文化在傳播中的分量》（新華社貴州頻道 2012 年 12 月底採用）

17. 《白潤生：民族新聞學路上的拓荒者》（中國范長江研究網專訪白潤生教授網址：http://www.fanchangjiang.com/bencandy.php?fid=80&id=983）

注：《有關作者信息報導存目》的統計到 2014 年。

附錄二　作者作品目錄

（編）著作（品）目錄

寫作趣聞錄（13.5 萬字）	人民日報出版社 1983 年版
報告文學簡論（10 萬字，與劉一沾合作）	新華出版社 1985 年版
百年沉冤——中國新聞界人物被難錄 （9 萬字，與張淑華合作）	廣西民族出版社 1989 年版
中國少數民族文字報刊史綱（25 萬字）	中央民族大學出版社 1994 年版
珍聞・奇聞・軼聞——新聞界趣聞錄 （25.7 萬字與龔文灝合作）	復旦大學出版社 1995 年版
民族報刊研究文集（15.8 萬字）	中國物價出版社 1996 年版
中國新聞通史綱要（46 萬字）	新華出版社 1998 年版
中國新聞通史綱要（修訂本）（52 萬字）	中央民族大學出版社 2004 年版
白潤生新聞研究文集（37 萬字）	中國文史出版社 2004 年版
中國少數民族新聞工作者生平檢索（27 萬字）	貴州民族出版社 2007 年版
中國少數民族新聞傳播通史（上下冊，90 萬字）	中央民族大學出版社 2008 年版
中國少數民族新聞傳播史（68 萬字）	民族出版社 2008 年版
中國新聞傳播史新編（59.2 萬字）	鄭州大學出版社 2008 年版
當代中國少數民族新聞事業調查報告（24.8 萬字）	中央民族大學出版社 2010 年版

備註

獲獎作品有：《中國少數民族文字報刊史綱》1996 年獲北京市第四屆哲學社會科學優秀成果二等獎、1998 年教育部第二屆普通高等學校人文社會科學研究成果二等獎《中國少數民族新聞傳播通史》2010 年獲國家民委第二屆人

文社會科學研究成果著作類二等獎；《中國少數民族新聞傳播史》2011 年獲北京高等教育精品教材獎；《當代中國少數民族新聞事業調查報告》2012 年獲教育部第六屆高等學校科學研究優秀成果獎（人文社會科學）三等獎；《中國新聞通史綱要（修訂本）》2005 年獲中央民族大學「中國少數民族新聞史教學內容改革成果」二等獎。《中國少數民族文字報刊史綱（修訂本）》2023 年由花木蘭文化有限公司出版，國內外發行。《守護好我們的精神家園──白凱文少數民族文化文選》2014 年由人民日報出版社出版。發表學術論文約有 300 餘篇。其中《承載民族夢想：中國少數民族文字報刊的百年回望》譯成英文發表在《中國民族》（英文版）2017 年第 4 期（總第 67 期）上。首次向國外介紹我國的少數民族文字報刊。

參編（撰）作品目錄

著作名稱	出版社與出版時間	第一作者	參編內容與字數
少數民族散文選	內蒙古人民出版社 1981 年版	中央民族學院漢語文學系民族文學編寫組	參編
中國少數民族寓言故事選	甘肅人民出版社 1982 年版	同上	參編
寫作學	四川民族出版社 1985 年版	《寫作學》編委會	第二十三章，詩歌，約 15000 字
苗延秀、包玉堂、肖甘牛研究合集	廣西人民出版社 1986 年版	蒙書翰、白潤生、郭輝	包玉堂研究專輯，約 17 萬字
中國新聞史（古近代部分）	中央民族學院出版社 1988 年版	王洪祥主編	與王洪祥執筆緒論、第一章，任全書副主編，負責統稿
劉少奇風範詞典	中國工人出版社 1991 年版	劉學琦主編	編委，主要撰稿人，編寫詞條 42 則
宣傳輿論學大辭典	經濟日報出版社 1992 年版	劉建明主編	編委，負責中國少數民族新聞學有關詞條寫作。
中國現代新聞史	新華出版社 1997 年版	王洪祥主編	任副主編，負責少數民族報刊、人物的寫作

中國新聞事業通史（1～3卷）〔註1〕	中國人民大學出版社1996年出版，2000年第2次印刷	方漢奇主編	負責第二卷第十八章第三節第一、二、三目，第二十章第三節、第五節第二目，第三卷第二十一章第一目（一）中第7部分，第二十二章第三節第三目（四），第二十三章第四節第五目，第二十四章第三節第一目（四）第7部分。
中國新聞事業編年史（上中下）	福建人民出版社2000年版	方漢奇主編	編委，負責1945年9月～1949年9月和1997年的編寫工作。
中國新聞事業史	高等教育出版社2002年出版，2007年修訂再版	丁淦林主編	負責第十六章中國少數民族新聞傳播事業的興起、發展與繁榮，約24000字。
中國新聞圖史	南方日報出版社2002年版	丁淦林主編	特約撰稿人，負責第二十章少數民族的新聞傳播事業，文字撰稿與圖片選用，約4萬多字。
民國新聞專題史研究叢書	花木蘭文化事業有限公司2020年版	倪延年主編	負責第四冊民國時期的少數民族新聞業（26萬字）的編寫工作。

〔註1〕《中國新聞事業通史》（1～3卷），2013年由新加坡天窗出版公司出版10卷本的英文版。

部分文章目錄

（已收入本文集的不在此目錄中）

1. 北京市木材廠民主選舉幹部情況調查（載工人日報總編室編《情況參考》第 40 期，1979 年 5 月 16 日，呈送中央內參）

2. 紀念「五四」，提倡科學——讀報有感（北京市房山縣文化館編《房山文藝》1979 年 5 月第 14 期）

3. 破除迷信·提倡科學（載《天津日報》第 10995 號 1979 年 6 月 5 日第 3 版學習欄）

4. 一篇樸實生動的通訊——評《生命不息，為群眾服務不止》（載《工人日報通訊》1979 年第 6 期，內部鉛印）

5. 民主新風吹·車間面貌變（與馬世昌合作，載《工人日報》第 5826 號 1979 年 6 月 16 日第 2 版）

6. 學習張志新·莫做「妻」「妾」「客」（載《房山文藝》1979 年 7 月第 16 期第 2 版）

7. 北京木材廠認真實行民主選舉車間主任和班組長（引題）增強了幹群團結，推動了增產節約運動（主題）（與周玉良合作，載《工人日報》第 5849 號 1979 年 7 月 13 日第 2 版）

8. 打破「鐵飯碗」思想，適應四化建設需要（引題）首都水泥廠民主評議科室領導幹部效果好（主題）（與周吉虹合作，載《工人日報》第 5881 號 1979 年 8 月 1 日第 1 版）

9. 「不劃框框」（載《工人日報》第 5871 號 1979 年 8 月 8 日第 4 版「小品文」）

10. 關於「的、地、得」的用法（載《工人日報通訊》1979 年第 13 期）

11. 新聞寫作中修辭手段的運用（與張萬隆合作，載《工人日報通訊》1979 年第 13 期）

12. 認真閱讀，不斷提高語言的辨識能力——談談語言文字的學習（與張萬隆合作，載北京市西城區教育局中學教研室北京師院分院中文系寫作教研室合編《學作文》1979 年 11 月 15 日第 7 期第 4 版）

12.「家教有方」（載《房山文藝》，總 22 期 1980 年第 1 期第 3 版）

14. 寫作是艱苦的勞動（載《學作文》1980 年 3 月 15 日第 4 版）

15. 遣詞造句與新聞的真實性（載涼山報編輯部內部刊物《通訊·讀報·發行》1980 年 4 月 15 日第 15 期第 2 版）

16. 細節描寫的兩個問題（載《工人日報通訊》1980 年第 5 期）

17. 西山海軍招待所熱情接待少數民族文藝代表（載《全國少數民族文藝會演簡報》第 22 期，1980 年 9 月 20 日。呈送烏蘭夫、彭沖、王任重、楊靜仁、朱穆之、周揚、黃鎮等中央領導同志和中央有關單位 10 餘個。

18. 通訊的人物語言也要個性化（載《林海日報通訊》1980 年 6、7 合刊）

19. 想代表所想·比親人還親（引題）海軍招待所熱情接待會演代表（主題）（載全國少數民族會演辦公室主編《全國少數民族文藝會刊》1980 年 9 月 23 日第 2 期第 1 版）

20. 詩歌的集中與概括（載北京市西城區教師進修學校主辦《讀寫知識》第 4 期第 1 版 1980 年 10 月 18 日;《電子報》1985 年 6 月 15 日第 4 版第 599 期）

21. 詩歌的意境（載《保定日報》1981 年 3 月 14 日第 3 版第 4399 號）

22. 平中見奇·詩情畫意——淺談小說《荷花澱》的藝術特色（載《河北日報通訊》第 3 期）

23.《琴曲》作品小析（載中國青年出版社《小說季刊》1981 年第 4 期總第 8 期）

24. 王安石選水沏茶的故事（載《健康》雜誌 1981 年第 4 期）

25. 略談新聞的材料（載《工人日報通訊》1981 年第 4 期）

26. 散文與新聞（載《工人日報通訊》1981 年第 5 期）

27. 陸游和他的《釵頭鳳》（載《保定日報》1981 年 10 月 28 日）

28. 從契訶夫寫短文談起（載《中學生》1983 年第 2 期;《涼山文藝》1983 年 2 月號總第 22 期;《中央民族學院》第 112 期 1982 年 11 月 5 日第 4 版）

29. 建立一個「材料庫」（載《中央民族學院》1982 年 12 月 29 日第 5 版）

30. 她「像活人一樣」（載全國少數民族獲獎短篇小說選《希望的綠葉》，貴州人民出版社 1983 年版）

31. 扎根在民族土壤之中（載《希望的綠葉》，貴州人民出版社 1983 年版）

32. 大膽的嘗試，有益的啟示——簡評《不該放棄的愛》（載山西大同市文學藝術工作者聯合會編《文藝通訊》1983 年第 1 期總第 2 期）

33. 新聞描寫要創新（載《工人日報通訊》1983 年第 2 期總第 51 期）

34. 帶來春天氣息的好新聞——簡評《趙澤義被命名為吉林省特等勞模》（載《工人日報通訊》1984 年第 2 期）

35. 寫作漫談（載廣西柳州市文聯《柳絮》文學創作函授輔導處編印《柳絮函授講義》1983 年第 4 期）

36. 質樸而尖銳的好小說——簡評《代理局長》（載山西大同文學雜誌《雲岡》1983 年 6 月號總第 57 期評論·美術）

37. 賞心悦目的好新聞——簡評《鞍鋼職工決心今年增創利潤一億元》（載《工人日報通訊》1983 年第 8 期）

38. 快人塊事快人快語——簡評通訊《一身正氣勇鬥歪風》（載《工人日報通訊》1983 年第 11 期）

39. 書寫潦草的小故事（載《濟南日報通訊》1984 年第 2 期）

40. 我國最早的報房（載《濟南日報通訊》1984 年第 2 期）

41. 標點趣談（載《柳絮》文學創作函授輔導處編：《柳絮函授教材》1984 年第 3 期）

42. 稿費的由來及演變（載《濟南日報通訊》1984 年第 4 期）

43. 《黑板的歌》評語（載中國寫作學會編：《全國大學生抒情散文選》，湖北教育出版社 1984 年版）

44. 讓學生在課外活動中波取營養（載《中國教育報》第 92 號 1984 年 8 月 21 日第 3 版「教學園地」第 20 期）

45. 紅領巾辦的一張深受歡迎的油印小報——《紅領巾科普報》（載《寧夏日報通訊》1984 年第 8 期）

46. 世界上第一家報導粉碎「四人幫」消息的報紙（載《寧夏日報通訊》1984 年第 8 期）

47. 一篇有特色的小說——評《張立德「發財」》（載《雲岡》1984 年 8 月號第 4 期總第 72 期）

48. 最長與最短的社論（載《寧夏日報通訊》1984 年第 9 期）

49. 武昌應對與最長的序（載《寧夏日報通訊》1984 年第 9 期）

50. 中國報刊上的《國際歌》（載《寧夏日報通訊》1984 年第 9 期）

51. 我國第一份新聞專電（載《寧夏日報通訊》1984 年第 10 期）

52. 奇異的報刊（與龔文顆、劉家林合作，載《寧夏日報通訊》1984 年第 11 期）

53. 採訪溯源（載湖北大學《中學語文》1984 年第 11 期總第 59 期）

54. 介紹一首廣告詩（載《寧夏日報通訊》1984 年第 12 期）

55. 只有一個記者的編輯部（載《寧夏日報通訊》1984 年第 12 期）

56. 一則新奇的廣告（載《寧夏日報通訊》1984 年第 12 期）

57. 我國最早的週刊——《廣仁報》（載《寧夏日報通訊》1984 年第 12 期）

58. 中國近代第一本音樂雜誌（載《寧夏日報通訊》1984 年第 12 期）

59. 我國第一個女報人（載《寧夏日報通訊》1985 年第 1 期）

60. 詩歌的起源（與劉天慧合作，載《電子報》1985 年 4 月 30 日第 6 版）

61. 我國最早的駐外記者（載《保定日報》第 5652 期 1985 年 4 月 13 日第 4 版）

62. 報童與報翁（載《寧夏日報通訊》1985 年第 4 期）

63. 我國最早的女主編（載《保定日報》1985 年 5 月 11 日第 4 版）

64. 詩歌的社會作用（與劉天慧合作，載《電子報》1985 年 5 月 15 日第 597 期第 4 版）

65. 世界上第一座廣播電臺（載《寧夏廣播》1985 年第 5 期）

66. 我國境內第一座電臺（載《寧夏廣播》1985 年第 5 期）

67. 我國自辦的第一座電臺（載《寧夏廣播》1985 年第 5 期）

68. 什麼是詩（與劉天慧合作，載北京電子管廠《電子報》第 598 期 1985 年 5 月 31 日第 4 版）

69. 談談文章的修改（載《柳絮函授教材》1985 年第 6 期理論欄）

70. 詩歌的語言美（載北京電子管廠《電子報》第 602 期 1985 年 7 月 31 日第 4 版）

71. 模仿與創新——小議《晚霞映紅的橋頭》（載《柳絮（函授園地）》第 1 期 1985 年 8 月第 2 版）

72. 詩歌的激情與想像（與劉天慧合作，載《電子報》第 603 期 1985 年 8 月 15 日第 4 版）

73. 詩歌的立意（與劉天慧合作，載《電子報》第 605 期 1985 年 9 月 15 日）

74. 內在美與外在美的統一（與劉天慧合作，載《電子報》第 609 期 1985 年 11 月 15 日）

75. 通訊的時代特徵和典型意義（載《寧夏廣播》1985 年 11 月）

76. 詩歌的音樂美（載《電子報》1985 年 12 月 30 日）

77. 漂泊半生終歸來——訪回大陸定居的臺胞白少帆（載《人民日報·海外版》1985 年 12 月 3 日第 5 版「港臺·僑鄉·服務」）

78. 通訊選材的嚴、精、新（載《寧夏廣播》1985 年 12 月）

79. 略談通訊的構思（載《寧夏廣播》1986 年第 2 期）

80. 廣告古今談（載濟南日報群工部主辦《通訊員之友》1986 年第 2 期）

81. 新聞寫作語言的特點（載工人日報主辦《新聞三昧》1986 年第 11 期）

82. 為我國新聞事業獻身的人（何遇恩、邵南山、沈藎、史量才）（載《新聞三昧》1986 年第 11 期，署名白華；《新聞戰線》1987 年第 5 期「博覽」欄目摘轉題目改為《最早為我國新聞事業獻身的兩個人》）

83. 新聞的標題（載山西日報新聞研究所主辦《新聞研究》1987 年第 1 期總第 13 期）

84. 新聞語言的風格（載《新聞三昧》1987 年第 3、4 合刊）

85. 為我國新聞事業獻身的人（蕭楚女、秋瑾、林白水、楊松）（與楊建群合作，署名白華。載《新聞三昧》1987 年第 3、4 合刊）

86. 中國歷史新聞學的性質、任務、特點及其他（與王洪祥合作，載《中央民族學院學報》漢語言文學增刊 1988 年 3 月）

87. 辛亥革命時期的少民族文字報刊——《伊犁白話報》（載《中央民族學院週報》總第 419 期第 182 期週報第 94 期 1988 年 12 月 6 日第 4 版）

88. 簡論繼承我國語言文字的優良傳統（載山西省新聞學會山西日報新聞研究所主辦《新聞研究》1989 年第 4 期總第 24 期）

89. 詩歌的起源及我國詩體（載濟南日報社主辦《通訊員之友》1989 年第 4 期）

90. 詩歌的含義及其特徵（載濟南日報社主辦《通訊員之友》1989 年第 5 期）

91. 我國早期的少數民族文字報刊（載新華社主辦《中國記者》1989 年第 3 期總第 27 期「新聞史一頁」欄；《新聞三昧》1989 年 7 月號「文摘」摘轉）

92. 我國最早的藏文報紙——《西藏白話報》（載《新聞研究資料》總第四十六輯・中國社會科學出版社 1989 年 6 月版）

93. 西藏最早的藏文報（載《西藏研究》1989 年第 3 期總第 32 期；人民日報總編室《編採業務》1990 年 11 月 15 日第 225 期轉載）

94. 詩歌的分類（載《通訊員之友》1990 年第 1 期）

95. 新華廣播電臺在北平第一次播音（載《寧夏廣播》1990 年第 2 期）

96. 大型季刊《中國西藏》創刊（載《中國記者》1990 年第 6 期總第 42 期）

97. 建議與希望——為北京民族大學校慶五週年而作（載《北京民族大學建校五週年專輯 1985～1990》）

98. 藏文《西藏日報》創刊記（載《中國西藏》1990 年第 3 期秋季號文化與宗教欄）

99. 我國第一張彝文報（載復旦大學新聞學院主辦《新聞大學》，1990 年夏季號總第 24 期）

100. 包玉堂小傳（載何火任主編《中國當代名作家小傳》，文化藝術出版社 1990 年版）

101. 嘉措與《雪域文化》（載《中央民族學院週報》總第 484 期復第 247 期週報第 159 期 1990 年 10 月 9 日第 3 版）

102. 一張鮮為人知的蒙文報紙——《內蒙古週報》（載《新聞大學》，1991 年）

103.（春季號總第 27 期）新聞寫作的語言（貴州日報社《新聞寫作》1991 年第 2～5 期連載）

104. 蒙文《群眾報》與蒙古語文的發展（載《中央民族學院學報》1991 年第 3 期總 76 期）

105. 中國少數民族文字報刊的興起（載中國人民大學主辦《新聞學論集》第 15 輯，中國人民大學出版社 1992 年版）

106. 關於中國少數民族文字報刊史的研究（載《中央民族學院學報》1992 年第 4 期總第 83 期）

107. 西藏日報與我國的藏文報紙（載《新聞大學》，1993 年春季號總第 35 期）

108. 新中國成立後少數民族新聞事業的發展（載《中央民族學院學報》，1993 年第 4 期總第 89 期；中國人民大學書報資料中心：《複印報刊資料新聞學》季刊 G6，1993 年第 3 期全文轉載）

109. 消息的寫作（與劉天慧合作，載國家儲備局主辦《物資儲備研究》1993 年

第 3 期總第 40 期）

110. 抓住靈魂激發創造性思維——談畢業論文的寫作與指導（載《中國寫作學創造性思維集錄》，內蒙古少年兒童出版社 1993 年版）

111. 嶗山旅遊史話（載《青島日報·周末特刊》1993 年 9 月 25 日第 5 版第 20 期）

112. 張學良將軍和《蒙旗旬刊》（載民革中央機關報《團結報》第 1446 期 1993 年 10 月 6 日第 2 版）

113. 經濟學術論文的特徵（載貴州《寫作天地》1994 年第 1 期總 18 期）

114. 名家廣告詩二則（載《中國商報》群工部主辦《商報筆友》1994 年第 4 期總第 4 期）

115. 中國新聞史是中華民族新聞史（載《新疆新聞界》1994 年第 5 期總第 57 期；《民族新聞》1994 年第 3 期總第 20 期；《新聞與寫作》2005 年第 3 期「學術·觀點」欄，總第 249 期）

116. 我國少數民族新聞事業的歷史與現狀（載新華社國內部主辦《中國時事界》1994 年第 7 期總第 36 期「新聞界動態」）

117. 應有千萬支筆來寫教師——簡評通訊《梅冬嶺上的一枝梅》（載甘肅《民族報》第 948 期 1994 年 7 月 20 日第 3 版）

118. 馬雅科夫斯基的廣告詩（載《中華老年報》第 344 期 1994 年 7 月 21 日第 4 版「文化生活」）

119. 報壇奇葩：民族文字報（載《新聞出版報》第 1031 期 1994 年 9 月 21 日第 2 版綜合新聞版）

120. 刻意求新——評《八仙過海各談其長》（載《中國人口報》第 897 號總 1079 號 1994 年 11 月 30 日第 2 版）

121. 剔的藝術（載《中國人口報》第 902 號總 1084 號 1994 年 12 月 12 日第 2 版綜合新聞版）

122. 選材要精——評《三級書記進課堂》（載《中國人口報》第 905 號總 1087 號 1994 年 12 月 19 日第 2 版綜合新聞·廣告）

123. 1993 年中國少數民族新聞事業發展概況（載《中國新聞年鑒》中新聞年鑒雜誌社 1994 年版）

124. 建國後的第一張藏文報——青海藏文報（載《新聞大學》1995 年春季號總第 43 期）

125. 角度新穎（載《中國人口報》第 914 號總 1096 號 1995 年 1 月 9 日第 2 版綜合新聞・廣告版）

126. 《蒙文大同報》的出版（載民革中央《團結報》第 1589 號 1995 年 2 月 25 日第 2 版）

127. 我國第一張少數民族文字晚報——《烏魯木齊晚報》（維吾爾文版）（載《新疆新聞界》1995 年第 2 期總第 60 期）

128. 建國前內蒙古報業概述（載《新聞大學》，1995 年秋季號總第 45 期）

129. 深入淺出・雅俗共賞——評《中國報刊史簡論》（載天津《今晚報》第 4137 號 1995 年 10 月 30 日第 6 版「今晚副刊」；山西日報主辦《新聞研究》1996 年第 2 期總第 50 期欣賞與借鑒欄）

130. 1994 年中國少數民族新聞事業發展概況（載《中國新聞年鑒》中國新聞年鑒雜誌社 1995 年版）

131. 1949 年前外國人在海內外創辦的中國少數民族文字報紙（載《華中理工大學學報》1995 年增刊，'95 世界華文報刊與中國文化傳播國際學術研討會論文集）

132. 少數民族報業史簡論（載《中央民族大學學報》1996 年第 5 期總第 108 期）

133. 少數民族與漢族新聞傳播之比較研究（一）（載《新疆新聞界》1996 年第 5 期總第 69 期）

134. 1995 年中國少數民族新聞事業發展概況（載《中國新聞年鑒》中國新聞年鑒雜誌社 1996 年版）

135. 丹青寫盡傾城色——觀王倩迎香港回歸個人畫展（載《中華老年報》1997 年 5 月 15 日第 4 版「文化生活」，署名白凱文）

136. 少數民族與漢族新聞傳播之比較研究（二）（載《中央民族大學學報》1997 年第 6 期總第 115 期）

137. 新時期新聞寫作語言的變化與發展（一）（載《新聞三昧》1997 第 8 期，署名白凱文）

138. 新時期新聞寫作語言的變化與發展（二）（載《新聞三昧》1997 第 9 期，署名白凱文）

139. 新時期新聞寫作語言的變化與發展（三）（載《新聞三昧》1997 年第 10 期，署名白凱文）

140. 我國少數民族報業的歷史與現狀（載中國人民大學新聞學院編：《新聞傳播學術報告會論文集》，中國人民大學出版社 1997 年版）

141. 慶祝香港回歸日追憶（載《中央民族大學週報》總第 850 期週報第 425 期 1997 年 12 月 16 日第 4 版）

142. 三四十年代民族新聞與新聞傳播的新發展（載《中國語言文學》第 2 輯，中央民族大學出版社 1997 年版）

143. 學文件看變化鼓實勁——讀江澤民十五大報告有感（載《中央民族大學週報》總第 853 期週報第 428 期 1998 年 1 月 8 日第 2 版）

144. 愛好新聞，更要學好新聞——與新聞愛好者談新聞入門（載《新疆新聞界》1998 年第 2 期總第 78 期）

145. 1996 年中國少數民族新聞事業發展概況（載《新聞春秋》1998 年新聞史學術研究會專輯總第 6 輯）

146. 1996、1997 年我國少數民族新聞事業概況（載《中國新聞年鑒》中國新聞年鑒雜誌社 1998 年版）

147. 少數民族報刊事業的發展（載《中華新聞報》1998 年 12 月 28 日第 6 版第 140 期總第 343 期）

148. 少數民族廣播電視事業的發展（載《中華新聞報》第 143 期總第 346 期 1999 年 1 月 7 日第 6 版學術）

149. 中國民族新聞教育的興起與發展（載《民族教育研究》1999 年第 2 期總第 39 期「民族高等教育」欄，署名白凱文）

150. 我國少數民族新聞研究概況（載《中華新聞報》第 169 期總第 372 期 1999 年 4 月 15 日第 6 版學術）

151. 關於少數民族新聞的定義的討論（載《民族研究信息》1999 年第 3 期總第 59 期）

152. 成舍我與少數民族報業（載《當代傳播》1999 年第 5 期總第 88 期）

153. 少數民族新聞的九種定義（載《中華新聞報》1999 年 8 月 23 日第 6 版「學術・新論點滴」）

154. 少數民族新聞事業 50 年（載《中華新聞報》第 222 期總第 425 期 1999 年 10 月 18 日第 1 版轉第 6 版）

155. 中國早期的少數民族女報人（載《中華新聞報》1999 年 7 月 5 日第 6 版學術；《新聞大學》1999 年冬季號總第 62 期）

156. 少數民族新聞研究領域中幾個爭論的問題（載《中央民族大學學報》1999年增刊，署名白凱文）

157. 再多些時評的聲音（載《北京晨報》第 535 期 2000 年 1 月 11 日「看法」專欄）

158. 不可動搖的結論——談鄧小平理論對少數民族報刊的指導（載《新聞三昧》2000 年第 1 期；收入雷躍捷、哈豔秋主編：《鄧小平新聞宣傳理論研究（論文集）》，北京廣播學院出版社 2002 年版）

159. 中國少數民族新聞學研究的興起與現狀（載《當代傳播》2000 年第 3 期總第 92 期）

160. 美國教育拾零（與劉天蓉合作，載《民族教育研究》2000 年第 3 期「外國教育」欄總第 44 期，署名白凱文）

161. 興起、發展、繁榮——中國少數民族新聞傳播事業 100 年（載《國際新聞界》，2000 年第 6 期總第 100 期「本刊話題·新聞傳播百年回眸」）

162. 加快發展少數民族廣播事業（載《新聞戰線》，2000 年第 9 期）

163. 新聞研究到西部去（載《中華新聞報》2000 年 12 月 11 日第 3 版署名白凱文）

164. 一種相同的歷史眼光（載《北京晨報》第 910 期 2001 年 1 月 23 日第 7 版「看法」）

165. 發展中的中央民族大學新聞專業（載《民族新聞》2001 年第 4 期總第 44 期；《民族教育研究》2002 年第 2 期總第 51 期「高教學科建設」欄）

166. 加強輿論監督·改進工作作風（載《中國市場經濟報》2001 年 9 月 19 日第 946 期第 7 版「關注」）

167. 輿論監督小議（載《羊城晚報通訊》2001 年 10 月 30 日第 10 期，署名白凱文）

168. 民族新聞學研究的歷史性機遇（載《中央民族大學學報》2001 年第 5 期總第 138 期）

169. 我國少數民族廣播電視史學研究的奠基之作——簡評《中國少數民族廣播電視發展史》（載《中國廣播電視學刊》，2001 年第 11 期總第 129 期）

170. 新聞學與傳播學交叉研究的有益探索——評劉衛東的學術專著《新聞傳播學概論》（載《新聞戰線》2002 年第 3 期三新書屋）

171. 創立和發展中國少數民族歷史新聞傳播學（載《民族新聞》2002 年第 4 期總第 47 期；載《當代傳播》2003 年第 1 期總第 108 期；收入白薇、傅承洲主編：《不惑案——中央民族大學文學與新聞傳播學院 40 週年論文選》，民族出版社 2004 年版）

172. 我國歷史上傑出的少數民族報人（載《縱橫》2002 年第 7 期總第 151 期「人物春秋」欄）

173. 中國新聞史研究的新高峰——讀卓南生先生名作《中國近代報業發展史 1815～1874》（載《新聞三昧》2002 年第 10 期）

174. 《西藏白話報》的兩名創辦者（載《人民政協報》第 3290 期 2002 年 7 月 13 日第 A4 版專刊）

175. 《蒙古農民報》的創始人多松年（載《縱橫》2002 年第 8 期「人物春秋」欄，總第 152 期）

176. 點評《試論因特網與傳統媒體的關係》（載喻國明主編《畢業論文精選精評》新聞學卷，西宛出版社 2002 年版）

177. 中國記者是怎樣「長大」的（載香港中國新聞出版社有限公司《時代傳媒》2002 年第 10 期「回眸」）

178. 《婦女日報》的創始人劉清揚（載《縱橫》2002 年第 11 期「史海擷英」總第 155 期）

179. 民族新聞學學科建設二三談（載《中華新聞報》第 677 期總第 880 期 2002 年 12 月 7 日第 4 版）

180. 少數民族女報人與婦女報刊的興起（《民族新聞》2003 年第 3 期總第 50 期；載《縱橫》2004 年第 1 期總 169 期「文苑藝林」欄；《中國新聞出版報》2004 年 3 月 18 日第 3 版「新書摘」欄；《中國民族報》2007 年 3 月 9 日第 07 版「時空」）

181. 現當代少數民族新聞出版事業發展簡況（載《當代傳播》2004 年第 4 期總第 117 期）

182. 仰見巨擘聳高峰——初讀《方漢奇文集》、《寧樹藩文集》（載《新聞三昧》，2004 年第 2 期）

183. 蒙古族新聞出版業簡介（載內蒙古社會科學院主辦《內蒙古社會科學》2004 年第 25 卷第 5 期總第 147 期）

184. 我國少數民族報業改革發展之路（與張嫻合作，在《當代傳播》2004 年

第 6 期總第 119 期）

185. 20 世紀 90 年代四川少數民族廣播電視事業發展調查與思考（載《西南民族大學學報》2004 年第 10 期第 25 卷總第 159 期，與李謝莉合作）

186. 少數民族語文的新聞事業研究（載《中央民族大學週報》2004 年 10 月 14 日第 2 版）

187. 成舍我、薩空了與少數民族報業（載《中國政協》2005 增刊）

188.《嬰報》與我國蒙古族報業的發展（載《民族新聞》2005 年第 3 期「中國民文報」欄總第 58 期）

189. 為發展少數民族新聞學再接再厲——祝賀《當代傳播》創刊二十週年（載《當代傳播》2005 年第 3 期「我與當代傳播徵文」，總第 122 期）

190.《天津新聞傳播史綱要》序（載馬藝主編《天津新聞傳播史綱要》，新華出版社 2005 年版）

191.《嬰報》——我國第一份蒙文報紙？（載《中國民族報》第 484 期 2005 年 11 月 4 日第 10 版民族世界‧關注）

192.《嬰報》與我國的蒙文報業（載內蒙古新聞研究所主辦《新聞論壇》2006 年第 1 期「報海鉤沉」欄）

193. 一部關於名記者名作的「教科書」（載《新聞與寫作》2006 年第 2 期，總第 260 期「寫作‧讀書」）

194. 西部少數民族科技報與社會主義新農村建設（在中國科技新聞學會於 2006 年 8 月中旬主辦的「科技傳播與西部開發學術研討會」上宣讀並獲優秀論文二等獎）

195. 為中國歷史新聞傳播學開創了一個新領域（載貴州日報報業集團主辦《新聞窗》2006 年第 5 期新書架總第 119 期；《採寫編》2006 年第 6 期總第 89 期）

196. 新聞學術史：新聞史研究的新領域——評《中國新聞學術史》（載世界華文傳播媒體學會香港現代教育研究會主辦《社科研究》2006 年第 6 期總第 42 期）

197. 少數民族新聞研究尚在初創時期（載《新聞與寫作》2006 年第 11 期「傳播‧觀點」，總第 269 期）

198. 周總理對少數民族新聞事業的關懷（載《新聞春秋‧紀念周恩來同志誕辰一百一十週年》總第 9 期，2008 年 8 月）

199. 中國少數民族新聞傳播通史研究——《少數民族語文的新聞事業研究》成果簡介（載《國家社科基金項目彙編》第四輯，社會科學文南出版社2008年版）

200. 雙向貫通的傳播模式——論劉少奇新聞思想及其現實意義（載《新聞春秋·紀念劉少奇同志誕辰一百一十週年》總第10期，2009年3月）

201. 少數民族新聞傳播學是一門獨立的學科（載鄭保衛主編《新時期中國新聞學學科建設30年》，經濟日報出版社2008年版）

202. 戰勝嚴寒，迎接春天——讀《新聞與寫作》改擴版後的第一期（載《新聞與寫作》2009年3月信息·編談往來，總第297期）

203. 中國新聞史學會與我的學術生涯（載《中國新聞史學會成立20週年專刊》總12期，2009年4月「我與中國新聞史學會」徵文）

204. 楊景山烈士身後事（載《保定日報》第13598期2009年8月16日第4版文化·歷史版歷數風流欄）

205. 回憶十一中（載《情繫母校——紀念北京市第十一中學60週年校慶系列文集（校友回憶錄）》）

206. 序三·填補少數民族語言媒介史空白，積極推進「少數民族新聞傳播學」建設（載周德倉著《中國藏文報刊發展史》，中國社會科學出版社2010年版）

207. 沉痛悼念丁淦林老師（載《青年記者》2011年12月下「專題：紀念丁淦林教授」，總第368期）

208. 深切懷念楊景山烈士（與劉天慧合作，在《北京檔案》2012年第1期，總第253期）

209. 重溫歷史·共抒情懷——學習黨的統戰政策的體會（載《中央民族大學校報》第165期總第1368期·周943期，2012年9月21日第3版）

210. 堅持社會主義先進文化方向·努力建設社會主義文化強國——聆聽十八大點滴體會（載《中央民族大學校報》第172期總1375期·周950期，2012年11月16日第3版）

211. 新黨章的新貢獻（載《中央民族大學校報》第173期總1376期·周951期，2012年11月23日第3版）

212.「龍騰寰宇騰飛中國夢；蛇舞銀川舞動廉潔春。萬象更新」等6幅春聯（載《內蒙古日報》第23261期2013年2月7日第8版娛樂）

後　記

　　2012 年 7 月，我送走了三位關門弟子，這意味著我徹底離開了教室、告別了講臺，結束了我的教育教學生涯。慶幸的是，真的響應了當年黨和國家向我們這一代人發出的號召——為祖國健康工作 50 年。

　　2012 年 10 月 14 日，大學同學在母校聚會，紀念畢業 50 年，暢談人生感悟。我們雖然都離開了工作崗位，但是並非真的可以「一身輕」，可以「在長煙大漠間遠行千里」。在知識爆炸的時代，很多人仍不顧年高體弱，孜孜以求，不斷用知識和實踐來豐富生活、滋養靈魂。那天，我對大家說：

　　　　我這一生有許多的巧合與想不到，比如，小時候我隨老人一同住在北京崇文門外一條胡同裏，門牌 27 號；成家後，一家四口大約於 1977 年搬到前門地區一條胡同，還是 27 號；現在我住海淀區中關村南大街 27 號院（在這個大院先後調整了 4 次住房，我都沒跳出這個 27 號院），在北京我的住家都與「27 號」結緣；我在北京上的第一所小學是穆德（回民）小學；六年中學都在北京十一中度過的，十一中校址原來是藥王廟；我畢業於北京師範學院，在校讀書時放假回家，必須在馬神廟上公交車；我退休於中央民族大學，家屬宿舍原來也是一座寺廟，名曰法華寺，從小學到大學，乃至最後任教的學校和頤養天年的居所都跟宗教（寺廟）和民族有密切的聯繫；

　　　　提起「想不到」就更多：我沒想到我能活過古稀，很多老同學都知道我因患有嚴重的關節炎從中學就免修體育；上世紀 70 年代得過慢性肝炎，差點一命嗚呼，當年誰要說你怎麼也能活到 60 歲，我

就會樂得屁顛兒屁顛兒的。我這個當年穿緬襠褲上大學的人，老實的近於窩囊，沒想到我這個本科畢業生，還培養出了六十多名研究生，出版了的十幾本書，發表了一百七八十篇文章，有人把我捧為「中國少數民族新聞學的開拓者」，有人拿我當作偶像，自稱是我的「粉絲」。2011 年 10 月，第三屆中國少數民族地區信息傳播與社會發展論壇在雲南紅河學院舉行學術報告會。當主持人介紹與會嘉賓時，我這個忝列末位的居然贏得了潮水般的掌聲。「大串聯」的年代我沒出過北京城，沒想到 40 歲後幾乎跑遍祖國大江南北、長城內外、白山黑水、苗寨壯鄉，進行調研考察、參加學術研討，結識了海內外很多知名學者、專家教授。我第一次去臺灣因有關部門工作失誤，把途經澳門上報成了由香港轉機。在別人看來無論如何也不能飛躍臺灣海峽！誰承想曲徑通幽，柳暗花明，一波三折，竟準時抵達臺灣政治大學參加學術會議的開幕式，與會同仁都說應當寫篇《赴臺歷險記》。古人云：行萬里路，讀萬卷書。書未必讀過萬卷，但『行』，絕對超過萬里。「我要把它記錄下來！」這一想法剛一閃現，便有一幕名而來的年輕學子飛到我的身邊，她緊緊握住我的手說，「由我來完成，書名《白話潤生》，以饗讀者。」這真是心想事成，哪有如此巧合的事情啊！

我的人生軌跡是多變曲折的，並非順風順水，一馬平川。我的曾祖父雖是地主兼資本家，但到我父親這一代家道中落，一貧如洗。上大學之前，我幾乎沒有吃過早點，本想工作掙錢養家，也不知誰，有人幫我交上報名費，老師同學當時都對我說，你還不一定能考上呢？！因而高三停課後，我一頁書也沒翻過，整天幫家裏幹活。說來也巧，進入考場前，翻開筆記本正好看到一道大題，開考後發現竟是考題之一，此乃天意？！我在中學當了 16 年語文教師，教課、當班主任，給全區講公開課，帶學生野營拉練，「三夏」「三秋」，與學生摸爬滾打，要多積極有多積極，也不知寫了多少份入黨申請書，但總是達不到黨章規定的入黨條件。心想可能是有不能入黨的硬槓槓卡住了我，正當我覺得這輩子入黨無望的時候，時年 61 歲高齡的我以實際行動批判「入黨做官論」，終於被黨支部批准為一名光榮的共產黨員！大學畢業時，系主任通知我到門頭溝教育局報到，但是

當全班同學陸續到北京各區縣報到走上各自的工作崗位後，我又接到通知，改派崇文區一所新建校任教，教初一語文課，兼初一一班班主任。「文革」剛結束，我從中學一躍成為報社編輯，剛適應了報社的工作節奏，也就是一年光景我又到了大學任教，掐指算來正好三次工作變動。剛到高校，我就問在高校工作多年的老師：「我能當講師嗎？」因為我很有自知之明，大學裏藏龍臥虎、學富五車的大有人在，著書立說談何容易？學校第一次評定職稱時，我不敢申報，等第一批副高名單公布後，有人對我說，你為什麼不申請？你不是還出過書嗎？我這才鼓起勇氣申報。但並不順利，我申報了三次，才當上副教授。申請副高三次，申請正高也是三次。我這一生還有許多值得紀念和令人振奮的想不到。比如，20 世紀 80 年代，我與參加全國少數民族文藝匯演的代表一起在人民大會堂宴會廳就餐，國宴前還與當時黨和國家領導人一同合影留念；在中華人民共和國成立 50 週年大慶的日子裏，我和許多來京參加國慶活動的代表一同在天安門觀禮臺上觀看焰火晚會；中央民族大學建校 50 週年之際，朱鎔基總理來校視察，我也作為師生代表之一與之合影留念。在國慶 60 週年時，應邀在北京飯店參加慶祝活動，並就餐。這些終生難忘的美好回憶至今想起來激動無比！

退休了，本應頤養天年，但真是退而不休，毫不誇張地說，比在職的還忙，忙上課，忙論文答辯，忙寫論文，忙參加學術研討會，忙培養研究生，忙為他人作嫁衣裳！難怪一位同學說我，「是『院士』！」意思是說，我退休後經常因參加學術活動而不能參加同學聚會。我雖不是「院士」，但我頭上確有「虛銜」，比如「中國新聞史學會特邀理事」「少數民族新聞傳播史研究委員會名譽會長」「中國報協民族地區分會顧問」「故國神遊（北京）文化有限公司普陀《龍族》文旅項目顧問」等等。其實也有只盡義務的「實銜」，比如街道僑聯主席，海淀區僑聯參政議政專委會信息員，為什麼說是「實銜」呢？「活兒」是必須幹的，組織街道的歸僑僑眷參觀學習，幫助他們解決生活困難等等。只舉一項任務——每到重大節日或紀念日上級僑聯組織都舉辦徵文活動，比如國慶 60 週年、中國共產黨成立 90 週年、辛亥革命一百年、黨的統一戰線確立 90 週年等，自己

要帶頭寫，還要組織轄區內的歸僑僑眷寫作，如不盡心盡力，哪次活動都完不成任務！現在想來也對，不管什麼「虛銜」「實銜」也不管什麼「長」，都不在國家的幹部編製序列之內。

到目前為止，獨著或以我為第一作者寫作出版了 15 部書（不包括以他人為第一作者的合著成果），且有 5 次獲省部級獎項，主持國家級和省部級科研項目 2 項，有的學術論文已譯成英文發表在《中國民族》（英文版）上。但是這些成果多在退休之後完成的，換句話說，晉級（比如評二級教授）、評先進（模範）均無資格，連分母都不是，還能做分子嗎！？可能有人會說，你的名利思想嚴重！我不以為然。以書為伴以書為樂，讀書教書寫書，是我的樂趣與愛好，也是我的責任，我何嘗不知道退休後出版多少著作也不能晉級當先進工作者呢？！這恰恰說明我淡泊名利。我認為，「道義至尊」「真情最美」「正直可貴」「奉獻崇高」！

從 1995 年《中國青年報》發表關於我的專訪到現在，有 10 餘篇（不包括到外地開會、講學接受學生的採訪，和一般報導），其重要的有 1995 年 11 月 30 日《中國青年報》唐虞的《鬧中取冷白潤生》、1996 年 3 月 25 日中央人民廣播臺播發的《雜家白潤生》、1996 年 6 月 12 日《人民日報》董宏君的《使歷史成為「歷史——訪稻奮園丁獎獲得者白潤生》、1997 年《新聞三昧》第 6 期楊湛寧的《十年鑄一劍——記民族新聞史專家白潤生》、2002 年 6 月 23 日《科技日報·中學生科技》施劍松的《窮困求學求窮盡》、2002 年 11 月 12 日《中國民族報》蔣金龍的《薪火不斷溫自升——記少數民族新聞學學者白潤生教授》、2003 年《傾聽傳媒論語》（新世界出版社出版）傅寧的《白潤生：手持木鐸的采風者》、2011 年 12 月 22 日《保定晚報》李麗敏的《白潤生教授的故鄉情懷》、2012 年第 5 期《新聞論壇》傅寧的《民族化·現代化·全球化——白潤生教授談民族新聞學的現代化》、2013 年 9 月 24 日《中國文化報》美文副刊陳莉娟的《潤生老師》、2013 年《新聞愛好者》第 11 期陳娜的《中國新聞史是中華民族新聞史——訪中央民族大學教授白潤生》、2018 年王保平、王靖雨採寫的白潤生：《少數民族新聞傳播研究的先驅》、毛湛文、馮帆的《白潤生：篳路藍縷以啟山林——少數民族教育家白潤

生教授訪談錄》等等，更令我想不到的是還有專門研究我的學術思想的論文——《論白潤生少數民族新聞文化觀》，論文的作者是大連民族學院的于鳳靜教授，最初發表在 2011 年第 6 期《當代傳播》上，後國務院發展研究中心信息網（簡稱「國研網」）和中國社會科學網全文轉載。我的字寫得並不好，但也有人讓我題字，有幾次還發在了報上，最近的一次就是給《保定晚報》題寫的「堅持新聞方向堅持為人民為國家大局服務提高公信力感染力和影響力」（載《保定晚報》2012 年 1 月 18 日 A06 版）。

更令人想不到的是在我 70 歲到來之際，我所在的學院還為我請來了全國知名院校知名教授為我祝壽。

有一位記者採訪後寫道「年逾古稀的白教授精神矍鑠，聲音洪亮，中氣十足。」問及養身之道，當時我順口說了一句，「寵辱不驚，閒看庭前花開花落；去留無意，漫隨天外雲卷雲舒！」我的身體現在已不如當年了。從 80 歲後連續三年住院手術，現已戴上冠心病的帽子。我願獻上一組「養」字歌與各位共享：「忍字養福，樂字養壽，動字養身，靜字養心，學字養能，勤字養財，愛字養家，善字養德」。

呈現在讀者面前的這本文集《守護好我們的精神家園》，是對我從事寫作的回顧與總結。

本人生性愚鈍，但讀中學時就喜歡舞文弄墨，辦個黑板報，出個油印小報什麼的。1957 年高中畢業前夕，在《北京紅十字》報上發表了一篇二三百字的短文，得了五毛錢的稿費。自己寫的東西變成了鉛字，高興得忘乎所以。

剛上大學時在校報上發了兩篇總共五千多字的短文。其中《在紅專道路上繼續前進》是一篇書評，在同學中尚有一些影響。從那時算起，到現在大約寫了大大小小三四百篇，而收入文集中的 62 篇（不含代序和後記與附錄），是從一百來篇所謂「論文」（確切地說，就是字數比較多的長文章）中篩選出來的。有全局宏觀研究，也有微觀個案研究；有學術會議的主題發言，也有分會場的研討文字；62 篇文章，分編為十輯，有對某一學術觀點的陳述，也有就某一學術現象的碰撞；有作者學術研究的心得，也有對名家名著的評析。這一切都以我自己的思維方式，自我認知的深度，來詮釋同一個理念，即發展與繁榮少數民族文化。

　　何謂文化？按著余秋雨的說法，「文化，是一種包含精神價值和生活方式的生態共同體。它通過積累和引導，創建集體人格。」〔註1〕任何一個社會的經濟形態，實際上都是文化心態；經濟發展的本質是一個文化過程。應當重視文化的外在形式，更應當重視它的精神價值；我們要重視文化的積累，更要重視文化的引導作用。重視和發展少數民族文化是黨和政府的優良傳統。1954年8月8日中央人民政府委員會第18次會議批准的《中華人民共和國民族區域自治實施綱要》就已規定，各民族均有使用本民族的語言文字、積極培養少數民族幹部，大力發展本民族的文化事業。後來在第一部《中華人民共和國憲法》以法律形式再次規定要大力發展少數民族文化事業培養少數民族文化工作幹部。2002年黨的十六大提出「積極發展文化事業和文化產業」，把公益性文化事業與經營性文化產業區分開來，這是我們黨的一大理論創新。《中共中央關於深化文化體制改革推動社會主義文化大發展大繁榮若干重大問題的決定》《國務院關於進一步繁榮發展少數民族文化事業的若干意見》等文件指明了少數民族文化發展方向。特別是胡錦濤同志在十八大報告中，提出了一系列關於文化建設的重要思想，其中關於少數民族文化工作的論述，是指導少數民族文化建設的行動綱領和工作指南。從眾多的文章中篩選出關於少數民族文學、新聞、出版、教育的文章結集成冊，並輔以標題《守護好我們的精神家園——白凱文少數民族文化文選》，意在對內呵護各民族共有的精神家園，對外抵禦外來不良文化的滲透，牢固樹立「文化民生」理念，在社會主義核心價值觀的建設中盡綿薄之力！

　　十八大勝利閉幕後，「樹立文化民生理念，強化少數民族新聞傳播研究」，一直縈繞在我的腦海裏。我認為，確立文化民生理念，這是少數民族文化建設的基礎，一定要「內化於心，外化於形」，人人能夠理解文化民生內涵，人人弘揚文化民生精神，人人都高舉文化民生的旗幟，紮實推進社會主義文化強國建設，通過宣傳和踐行，以期形成我們共同的美好願景。其實這才是我寫這部文集的真實意圖。我們以及我們的前輩多少年來「黑夜尋火、鞭下搏鬥」，不就是為了爭取一種健康的「無傷害文化」嗎？！

　　此次結集出版，除校改語言文字等技術性錯誤外，力求再現原文的本來面目，歡迎廣大讀者，各位專家學者批評指正、不吝賜教！

〔註1〕引自余秋雨：《文化是一種集體人格》，載《北京晚報》2012年11月2日第41版。

在拙作付樣之際，我要特別感謝中央民族大學文學與新聞傳播學院的領導和師生，特別是趙麗芳（博士）副教授以及幫助我整理文稿、文字錄入的幾位年輕學子韋榮華（《森林與人類》編輯部副主任）、尹宏偉（2007 級新聞學研究生）、陳莉娟（上海交通大學 2012 級新聞學研究生）、趙春風（2011 級新聞學研究生）、李坤（2012 級傳播學研究生）、魏江楠（中央民族大學信息工程學院 2012 級本科生）、劉暢（2011 級新聞學研究生）等。感謝他們對民族文化建設付出的努力和貢獻。

拙作能夠與讀者如期見面，與人民日報出版社田玉香、梁雪雲、宋辰辰等同志的辛勤付出是分不開的，藉此亦一併表示衷心感謝。

白潤生

2013 年 2 月 19 日草稿，幾易其稿 2014 年 3 月 17 日定稿於北京
2024 年 4 月 18 日修訂版出版前有所改動，主要是節儉修訂版跋的文字

修訂版跋

　　《守護好我們的精神家園——白凱文少數民族文化文選》雖於 2014 年由人民日報出版社出版但只是內部發行。此次參加由方漢奇先生主編，王潤澤、程曼麗副主編《中國新聞史輯刊》，由臺灣花木蘭文化事業有限公司正式出版，以繁體字國內外發行，十分欣慰。之所以稱之為「修訂版」不是原文照搬，圖片部分增加了學界泰斗方漢奇老先生的最新題字。正文部分增加一輯，而增至十一輯。附錄的專訪增加兩篇。全書由 59 萬多字增至 60 多萬字。

　　拙作之以所以能夠出版，首先感謝花木蘭文化事業有限公司的楊嘉樂女士，和她的助理宗曉燕女士審閱後的正確評價，贊同收入「輯刊」。其次，要感謝中國人民大學新聞學院馬克思主義新聞觀研究中心主任，中國新聞史學會秘書長鄧紹根教授（博士生導師）的無私幫助。我今年已 86 虛歲，自 80 歲之後，連續四年因病住院手術，切除了膽結石和膽等，現在還戴上冠心病的帽子。我是 70 歲才學電腦，至今還是「一指禪」，不會用「鼠標」。寫篇文章，尤其是長文章，畫個圖，做個表，均需要別人幫助。此次書稿的修訂沒有鄧紹根教授的熱情幫助和他的博士郭慧玲女士慷慨支持是不可能按時交稿的。

　　同時更要感謝我的學生劉淑英女士的大力支持。劉淑英是我教初中時的學生，她上初二的時候參軍入伍，退役復員後，曾在地圖出版社任編輯，經她手出版的書深受讀者歡迎，有不少作為文獻保存。她十分勤奮通過自學在 70 歲的時候已拿到本科學歷。這次她得知我修訂出版這本書，主動請人幫我轉化為能修改的 word 版本的稿子。沒有他的幫助，我是不能完稿的。

　　我跟大家一樣，希望自己的著作贏得讀者的好評，這只是主觀願望。讀者才是評論家。我只能說希望拙作贏得海內外讀者的認可！

寫於 2024 年 4 月 18 日凌晨於北京

5 月 21 日凌晨修改於北京

白潤生

圖　片

一、作者友人為作者題字

學界泰斗甘惜分教授於 1985 年為作者題字

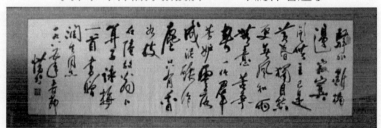

忘年交劉志揚老先生 2011 年為作者題字

二、公開發表的著作

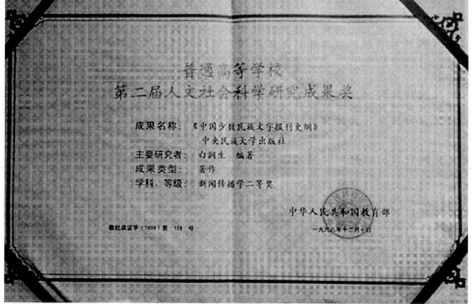

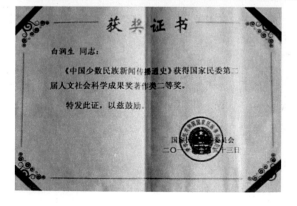

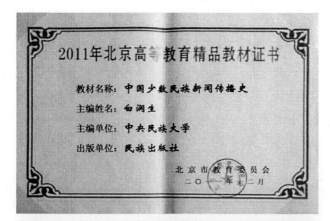

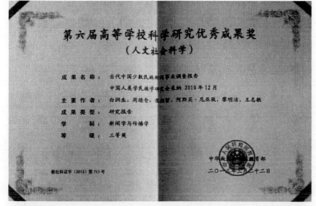

三、少數民族文字報刊研究資料

館藏西藏自治區文管會的宣統二年的《西藏白話報》

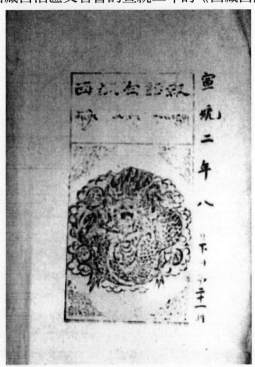

清・宣統二年三月初的《伊?白話報》

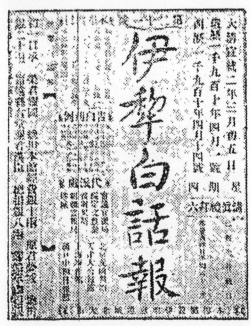

1913 年創辦的《回文白話報》

1913 年創辦的《蒙文白話報》，館藏中央民族大學圖書館

館藏中央民族大學圖書館的《藏文白話報》

中華民國 18 年 12 月 18 日《右江日報》第四十四期

1925 年 8 月 15 日《綏遠蒙文週刊》第 3 期

1936 年 12 月 28 日《新疆日報》

《內蒙古日報（漢、蒙古文版）》創刊號報樣

1948 年 4 月 1 日《延邊日報》創刊號

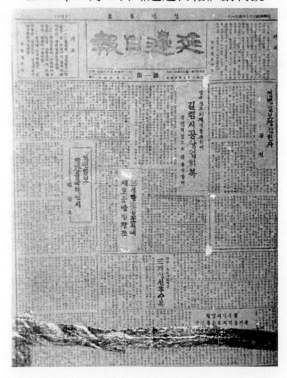

1951 年 5 月 1 日《湘西日報》

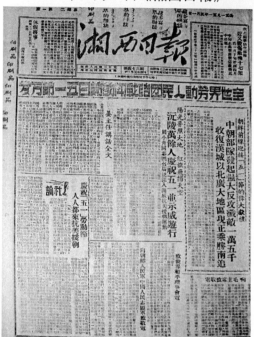

1936 年 12 月 28 日《新疆日報》

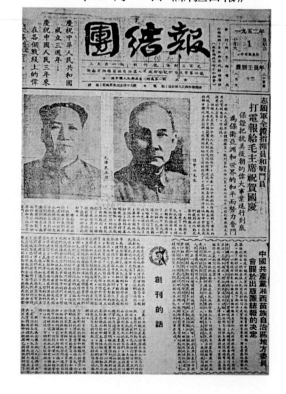

1985 年《麗江報》創刊號（納西文版）

1988 年 1 月 15 日《烏魯木齊晚報》（維吾爾文版）第 1 版

1985 年刊有《縣長麻紹玉
在「四月八」紀念大會上的講話》一文的貴州《松桃苗文報》

1987 年 12 月 23 日《烏蘭察布日報》文選式週刊（蒙古文版）

1986 年貴州羅甸縣主辦的《布依文報》（油印）

1986 年 12 月 5 日《臺江苗文報》第 1 期

1986 年 12 月 1 日《湘西苗文報》

1988 年 9 月 15 日《苗文侗文報》第 1 版

1988 年 5 月 11 日《廣西民族報》（壯文版）

1988 年 10 月 1 日《日喀則報》（藏文版）

1988 年《新疆工人報》（維吾爾文版）

1988 年 10 月 25 日《西藏日報》（彩色版）

20 世紀 80 年代創辦的《新疆科技報》（哈薩克文版）

1977 年 3 月 26 日《涼山報》（彝文版）

1985 年 12 月 26 日《麗江報》（傈僳文版）

2000 年 6 月 23 日《西藏法制報》（藏文版）

2006 年 9 月 23 日《呼倫貝爾報》（蒙古文版）

2007 年 6 月 18 日《寧夏日報》

學界泰斗方漢奇教授於 2022 年 8 月 4 日為作者最新題字

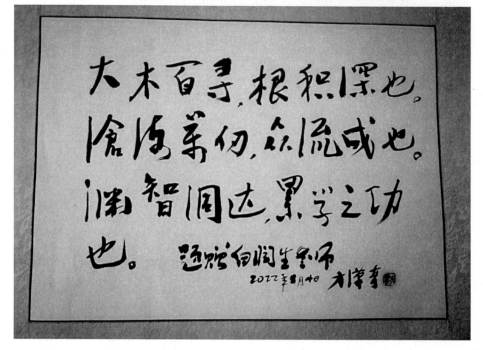